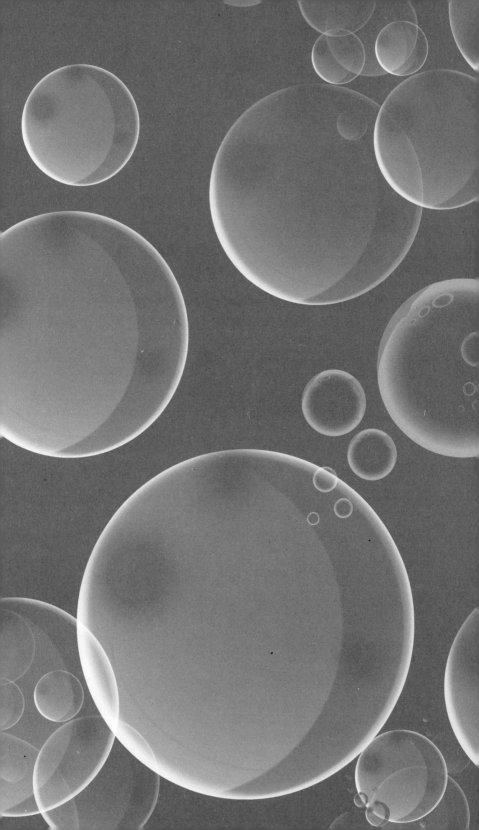

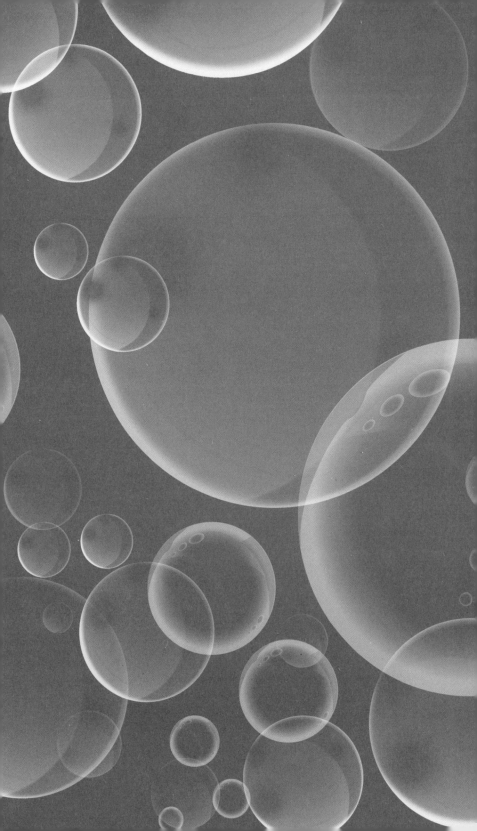

PAINT

GRAN TRAVESÍA

LEE HEE-YOUNG

PAINT

Traducción de Álvaro Trigo Maldonado

GRANTRAVESÍA

Este libro es publicado con el apoyo de Literature Translation Institute of Korea (LTI Korea).

PAINT

Título original: *Paint* (페인트)

© 2019, Lee Hee-young

Traducción: Álvaro Trigo Maldonado (del coreano)

Imagen de portada: © China Times Publishing Company

D.R. © 2024, Editorial Océano de México, S.A. de C.V.
Guillermo Barroso 17-5, Col. Industrial Las Armas
Tlalnepantla de Baz, 54080, Estado de México
www.oceano.mx
www.grantravesia.com

Primera edición: 2024

ISBN: 978-607-557-825-5

ÍNDICE

1. SOY JANU 301

Los dos tenían un aspecto un poco distinto a cuando los vi en el holograma. La mujer tenía la piel oscura y el hombre unas patas de gallo muy marcadas. Ella exhibía una sonrisa radiante y él, una benevolente. Cuando Guardi me puso una mano en el hombro a modo de señal, hice una reverencia profunda inclinando mi cabeza hacia ellos.

—Hola.

—¡Oh! Eres justo como en el holograma. Quiero decir, mucho más guapo, este…

Di un pequeño paso hacia atrás cuando la mujer se acercó.

Guardi tocó suavemente mi hombro para indicarme que no pasaba nada. La mujer frunció el ceño como si estuviera tratando de recordar algo, seguramente mi nombre.

—Soy Janu 301.

¿Quizá debería haber omitido el 301? Aunque, de todas formas, "Janu 301" era más exacto que simplemente Janu.

Hay un montón de Janu por todo el país, pero 301 era un número asignado sólo a mí.

—Eso significa que en enero cumplirás… —empezó a decir la mujer, pero se calló cuando el hombre le dio un codazo en el costado.

Se me escapó una risa involuntaria. Guardi se aclaró la garganta, era una señal para recordarme que debía ser educado. El error lo habían cometido ellos, así que no sabía por qué siempre me llamaba la atención para que mantuviese las formas. Apreté los labios y le lancé a Guardi una mirada de reojo.

—Sentémonos y hablemos —dijo Guardi guiándonos a una mesa que estaba en el centro de la habitación. La pareja tomó asiento y nosotros lo hicimos frente a ellos.

—¿Les gustaría un té?

Ante la pregunta de Guardi, la mujer me miró a la cara.

—¿Qué se te antoja? ¿Qué te gustaría tomar, Janu?

—Café —respondí a Guardi, sin verla.

La sonrisa desapareció del rostro de la mujer; seguramente pensó que la estaba ignorando. El hombre exageró la suya en un intento por cambiar el ambiente enrarecido. Se mirase por donde se mirase, parecía estar poniendo todo su empeño en que las cosas fueran bien.

—Entonces, nosotros también café.

Guardi asintió y presionó un botón que había en la mesa.

—Café.

Su voz baja y tranquila llenó la sala de entrevistas y poco después apareció un robot ayudante con cuatro tazas de café en una bandeja.

—¡Oh! Es la primera vez que veo un ayudante así de grande.

—Aquí hay tantos niños que los robots estándar de tamaño familiar no son suficientes. Éste es un robot especialmente diseñado por el gobierno para que lo utilicemos en nuestro centro NC.

La pareja asintió ante la explicación de Guardi. Me acordé de los robots ayudantes para familias que había visto una vez en una pantalla publicitaria. Eran mini robots con mucha personalidad que incluían la opción de modificar su color y diseño. Hace tiempo se fabricaban robots ayudantes con apariencia humana, pero eran tan parecidos a las personas que producían rechazo en los consumidores. Quizá porque se sentían amenazados por esos seres que se parecían demasiado a ellos, pero que eran otra cosa. A partir de aquello, las empresas fueron simplificando el diseño poco a poco. Ahora los robots se construían para parecer hasta un sesenta por ciento humanos. Gracias a eso, salta a la vista que sólo son robots.

La mujer dejó su taza de café sobre la mesa. El sonido retumbó en la estrecha sala de entrevistas. La mujer miró directamente a Guardi, que estaba sentado justo en frente:

—Ha sido nuestro sueño durante mucho tiempo. Pensamos en llamar a esta puerta muchas veces, pero nos faltaba el coraje. Como bien sabrá, no es fácil convertirse en buenos padres. Todavía tengo mis dudas de si podría ser una buena madre, pero después de tanto tiempo dándole vueltas pensé que tenía que dar lo mejor de mí e intentarlo, quiero ser una madre cariñosa para un chico necesitado.

Si no hubiese echado un vistazo por encima de mi taza de café, no me habría percatado del codazo que le dio de nuevo el hombre en el costado. Él soltó una risotada y dijo:

—Cuando éramos jóvenes, no nos dábamos cuenta, pero a medida que pasan los años la casa se siente desolada sólo con nosotros dos. Y también empecé a pensar que sería genial tener un hijo con el que ir de viaje o a pescar como hacen otros padres.

El hombre me miró a la cara como quien examina un producto de forma meticulosa.

—Se me encogió el corazón en el momento en que te vi en el holograma. Pensé: ¡Oh, dios mío! ¡Él es el indicado! No podía creer que un chico tan alto y guapo no hubiera podido encontrar una familia. Sólo de pensarlo, me daba un dolor en el pecho…

La mujer empezó a enjugarse las lágrimas con las yemas de los dedos. Yo apreté los dientes tratando de contener un bostezo que amenazaba con salir en cualquier momento. Guardi me lanzó una mirada gélida como un soplo de aire en mitad de una noche invernal.

—¿Quieres que salgamos un momento a dar un paseo? Hace buen tiempo, así que podríamos cono…

—Lo siento —la interrumpió Guardi en tono cortante—, la visita de hoy está limitada a una breve presentación. En momentos como ése, me siento agradecido de los principios anticuados de Guardi. La mujer se esforzó por sonreír, pero la decepción en su rostro resultaba obvia. Guardi se levantó y la pareja hizo lo propio como si no les quedara otro remedio. Saludé a la pareja de preadoptivos que había ido hasta el centro NC lo más educadamente que pude, con una inclinación de cabeza.

—Muchas gracias por su visita.

—¿Podría darle un abrazo?

—El contacto físico no está permitido en las visitas —replicó Guardi, demostrando una vez más su personalidad y principios.

—Creo que te echaré de menos en cuanto salgamos de aquí. Volveremos a visitarte pronto, ¿de acuerdo?

En lugar de responder, sonreí levemente. No tenía ninguna intención de volver a verlos. En cuanto se marcharon, el robot ayudante llegó y se llevó las tazas de café. Si fuera posible, me encantaría que también se llevara aquella maldita sala de entrevistas.

—Nos vemos más tarde, Park —dije, mientras caminaba hacia la puerta.

—Janu 301, ¿cuántos cumpliste este año?

Los que nos protegían eran los guardianes, pero para acortar los apodábamos "guardi". A veces, ellos nos llamaban utilizando nuestro nombre completo con el número y nosotros los llamábamos por su apellido, algo de lo que nosotros carecíamos. Sin embargo, cuando tenía entrevistas con padres adoptivos solía llamarlos "guardi" en lugar de usar sus apellidos; lo hacía porque en ese contexto sentía una extraña distancia con ellos y también porque era una situación más formal. Con Park, el guardi que me acompañaba ese día, me sentía especialmente así. No me preguntaba porque no lo supiera, pero aun así debía responder porque era una de las reglas del centro.

—Diecisiete —dije, girándome lentamente hacia él.

—Entonces, en el centro sólo te quedan...

—Dos años —terminé su frase—, un año y cuatro meses para ser exactos.

Guardi se llevó las manos a la cara como si estuviera muy cansado.

—Sabes lo que eso significa, ¿cierto?

—Quiere decir que tendré el distintivo del centro NC en mi carnet de identidad el resto de mi vida.

—Lo dices como si no te importara.

No era que no me importara. Sabía que no sería fácil vivir el resto de mi vida cargando con el estigma del NC. Había escuchado un montón de historias de chicos que al ser adultos los habían discriminado después de abandonar el centro. Debido a ello, muchos NC estaban desesperados por encontrar padres adoptivos durante las entrevistas y marcharse del centro. Por supuesto, algunos tenían suerte y vivían felices con unos buenos padres adoptivos, pero la mayoría vivía una mentira tomando lo que necesitaba del otro de forma egoísta.

Miré directamente al pálido rostro de Guardi:

—¿Tienen muchas deudas?

Guardi me miró inexpresivo y dejó escapar un suspiro.

—¿Te lo contó Choi?

Era sólo una corazonada, pero parecía que tenía razón. Después de tantas entrevistas me bastaba con sólo mirar a la gente a la cara para saber si estaba desempleada, endeudada o simplemente un día se había despertado una mañana con una crisis existencial por sentirse mayor y sin hijos.

—No —contesté—, ella no me dijo nada.

Guardi me miró con expresión de preocupación. Incluso si Choi no me hubiera dicho nada, lo habría sabido desde el momento en que los vi. Aunque no lo dijeran, en sus caras se leía claramente que estaban desesperados por cobrar los subsidios del gobierno.

Guardi se acercó y me apretó el hombro con la mano.

—Hey, Janu.

No respondí, no me pareció necesario añadir nada.

—Vivir el resto de tu vida como NC será mucho más difícil de lo que piensas.

—Pero vivir con unos padres falsos sería todavía peor.

Las pestañas largas y tupidas de Guardi temblaron ligeramente.

—Nos vemos luego —dije otra vez caminando hacia la puerta.

Mientras salía de la sala de entrevistas, escuché su voz a mis espaldas:

—Hiciste un buen trabajo hoy.

Al salir del edificio central, me encontré en las amplias instalaciones deportivas. Más allá podía ver el edificio de la escuela, el dormitorio y el auditorio con su tejado en forma de cúpula. En todas las direcciones a nuestro alrededor se alzaba un denso bosque verde, pero nadie creía que fuera de verdad. No era más que un holograma, un muro verde muy alto. Alcé la vista y miré al cielo azul preguntándome si sería real.

Los centros NC estaban repartidos por toda Corea. Se clasificaban en tres grandes grupos: los primeros se ocupaban de los recién nacidos y preescolares; los segundos, de los niños de primaria hasta los doce años, y luego estaban los "last", cuyos residentes tenían entre trece y dieciocho años y sostenían entrevistas con los posibles candidatos a padres adoptivos. Por supuesto, antes de llegar adonde yo estaba, ya también había pasado por esos dos primeros grupos. Como su nombre indicaba, los "last" eran el último hogar por el que pasábamos los niños NC.

Crucé la pista de carreras con pasos pesados en dirección al dormitorio. Pasados unos metros, la pantalla del multirreloj que llevaba en la muñeca se iluminó. En cuanto la toqué, apareció un holograma delante de mí. Era un mensaje del guardi Park. Apagué el holograma de manera que pudiera escuchar sólo su voz.

—¿Por qué no estás utilizando tu cinta transportadora? —me preguntó Park.

16

—¿Crees que me va a atrapar un dron-insecto? —respondí.

A veces se colaban drones en los terrenos del centro NC disfrazados de insectos como mariposas, catarinas, abejas o libélulas. Era porque la gente allá fuera sentía curiosidad sobre nuestra vida en los centros. Algunos alzaban sus voces con preocupación y afirmaban que hacíamos cambios de identidad ilegales. Otros ignorantes parecían pensar que los centros NC eran prisiones en las que se mantenía encerrados a criminales. Por supuesto, si tenemos en cuenta que no podíamos marcharnos de los centros hasta crecer, podría decirse que de alguna manera sí eran un tipo de prisión.

La mayoría de los NC utilizábamos la cinta transportadora para trasladarnos entre los edificios. Era más rápido y cómodo que desplazarse a pie, pero a veces simplemente me apetecía caminar. Como ahora. Después de terminar una entrevista solía cruzar las pistas a solas, perdido en mis pensamientos.

—Janu 301 —me llamó Park.

—¿Sí?

—¿Cuántos puntos le diste a la pareja de hoy?

—Quince.

Aunque ahora que lo pensaba, sus lágrimas habían sido muy realistas.

—Una puntuación más generosa de lo que pensaba —dijo Park y pude escucharlo reír a través de los altavoces del multirreloj. Encendí de nuevo la función video del holograma y pude ver su silueta apoyada en una pared. Miré sus ojos marrones con una expresión severa en el rostro.

—¿Si lo sabías todo por qué me obligaste a hacer paint cuando te dije que no quería?

Se encogió de hombros ligeramente, a modo de disculpa.

—Yo tampoco tenía opción —replicó.

Al ver a Park señalar al cielo supe a qué se refería de inmediato. Por más que fuese el director de este centro, seguía siendo un funcionario que también recibía órdenes de sus superiores. Cerré el holograma y la llamada terminó con un pitido. Sabía que Park tenía buenas intenciones. Como director del centro se preocupaba y quería más que nadie a todos los chicos de este lugar. Era estricto y seco, pero nadie trabajaba tanto por nosotros como él. Por supuesto, el resto de los guardianes también estaba volcado a su trabajo. Se esforzaban por buscarnos los mejores padres y borrar la etiqueta NC de nuestras vidas. Y todos deseaban que no fuéramos discriminados en la sociedad y que no tuviéramos que soportar los prejuicios y las miradas frías del resto. Yo estaba muy agradecido con ellos, pero al mismo tiempo resultaba un poco frustrante. Dejé escapar un suspiro. Al llegar al dormitorio, el sensor de la puerta escaneó mi cara y mis pupilas. Acto seguido, se encendió el botón de reconocimiento de voz.

—Janu 301.

La puerta se abrió con un *bip*.

—Seguridad.

Al entrar, activé por costumbre la función de seguridad sin darme cuenta. La puerta se cerró y su parte central, que estaba hecha de una aleación especial de metales, se transformó en una sustancia transparente como el cristal. Desde fuera no se podía ver el interior, pero durante un breve momento se podía ver hacia fuera. Era una función que se había desarrollado con una tecnología asociada a nuevos materiales. Ese tipo de puertas no sólo se usaba en los centros NC, sino también en las residencias familiares. Eché un vistazo a través de la puerta, el escenario del otro lado era el mismo de siempre. La puerta transparente regresó lentamente a su estado original.

Caminé por el largo pasillo hasta mi habitación. En cuanto entré, Oki volvió el rostro hacia mí y se acercó corriendo.

—¿Ya regresaste del paint?

Me tumbé en la cama esquivando al emocionado Oki.

—Bajar persianas y encender luces de noche.

A mis palabras, las persianas se cerraron y se encendieron las luces tenues. Oki resopló con desaprobación.

—No es justo, ¿por qué sólo está registrada tu voz? Siempre tengo que utilizar el control remoto. Además, todavía no me voy a dormir.

—Ya sabes que los sistemas de las habitaciones sólo reconocen la voz del mayor. Si todavía no quieres dormir, sal a jugar.

—No seas así, cuéntame. ¿Cómo eran? ¿No te cayeron bien?

Miré a Oki con ojos vidriosos. Había llegado al centro en octubre. Por eso lo llamábamos así. Todos nuestros nombres venían de los doce meses en inglés. Los niños que llegaban en enero eran Janu y las niñas Jeny. Del mismo modo, los que llegaban en junio se llamaban Jun y Juni, y los de julio Juno y Julia. Los que venían en octubre eran Oki o Ally, y los de noviembre Noa o Lisa...

Lo importante era el número que acompañaba al nombre. Había un montón de Janu como yo por todo el país, pero yo era el único 301. Oki era el 505. Sólo llevaba seis meses en este centro.

—Veeeenga, cuéntamelo, ¿cómo estuvo?, ¿crees que yo también podré hacer paint pronto?

Volví a mirarlo con ojos ausentes.

—¿Quieres encontrar unos padres?

Oki asintió como si fuera lo más natural del mundo.

—¿No sería lo mejor? Haría mucho más fácil salir a la sociedad.

Oki tenía razón. Había muchas ventajas en elegir a unos padres adoptivos y formar una familia. Por supuesto, ellos también obtenían varios beneficios.

—Voy a jugar con Jun. Vamos a hacer *windboard* en el gimnasio.

—¿Jun 406?

—No, Jun 203. ¿por qué hay tantos Jun? Me han dicho que en el centro G para chicas también hay muchas Juni.

Estuve a punto de preguntarle por qué creía que era, pero me detuve.

—Ten cuidado —dije—. No vayas a perder el equilibrio y caerte como la otra vez. Usa las protecciones.

—¿Sabes cómo te llaman otros niños cuando te ven?

—¿Cómo? —pregunté mirándolo de reojo.

—Medio-guardián. Cada vez hablas más como ellos —dijo Oki frunciendo el ceño.

Salió de la habitación con pasitos rápidos y cortos. *¿Medio-guardián?*, pensé mientras miraba al techo. Con los ojos cerrados, me acordé del tipo que se rio a carcajadas en mitad de una entrevista. Tenía algún problema, pero no pude adivinar de qué se trataba. Pensé que quizá no había una respuesta correcta, después de todo.

En los últimos tiempos, cada vez más gente evitaba tener hijos. El gobierno había intentado impulsar diferentes políticas de apoyo para fomentar la natalidad, pero no habían servido de nada. A medida que el tiempo fue pasando, la situación se complicó. Así que, finalmente, el gobierno encontró una nueva forma.

"A partir de ahora el gobierno se responsabilizará de la crianza de los niños".

Y no se referían a dar pensiones para la manutención. Significaba, literalmente, que el gobierno se encargaría de cuidar y criar a los niños. Los que sus padres no querían, claro. Así fue como se establecieron los centros NC y a nosotros nos llamaban niños de la nación (*national children*) o simplemente NC, para abreviar.

El multirreloj de mi muñeca sonó.

—Janu 301. Diríjase a la sala de orientación.

Me incorporé. El sol se estaba poniendo y las risas de los NC retumbaban en el pasillo. Un robot ayudante pasó barriendo el suelo. Me sentí un poco mareado mientras bajaba por el pasillo.

Cuando abrí la puerta de la sala de orientación, me encontré a Choi sentada al otro lado del escritorio. Era la única guardiana del centro B en el que sólo vivíamos chicos.

—Hoy en la entrevista bebiste café, ¿cierto? Por eso te preparé un chocolate.

No era difícil para ella enterarse de qué había bebido en la entrevista porque podía echarle un vistazo a la grabación completa del encuentro accediendo a la memoria de su robot ayudante.

—¿Qué tal estuvo?

—¿No te contó Park?

Choi esbozó una débil sonrisa.

—Me dijo que te lo preguntara a ti directamente. Ya sabes que es muy discreto.

Y tenía razones para serlo. Era una característica esencial para los guardianes, porque revelar información personal sobre un NC estaba estrictamente prohibido. De hecho, era la primera regla fundamental que todos debían seguir en los centros.

—Quince puntos sobre cien.

Al oír la risita de Choi, supe que a ella tampoco le había gustado esa pareja.

—Es una puntuación generosa para ser tú.

Comprobar que ambos me conocían tan bien me hizo sentir que llevaba mucho tiempo en el centro.

—Era claro que ocultaban algo. ¿Estaban endeudados?

Choi borró la sonrisa de su rostro ante mis palabras apáticas. Me quedé callado y le di un trago al chocolate caliente. Su sabor me recordó a las sonrisas de los padres preadoptivos, tibio y excesivamente dulce.

—Janu, no todos los que visitan los centros lo hacen para conseguir prestaciones del gobierno.

—Justo igual que no todos los NC necesitan padres, ¿cierto?

—Eres un chico listo y con talento. Podrías ir a la universidad.

—¿Y estás diciendo que para eso necesito padres? Ya tengo diecisiete años, ¿esperas que a esta edad me vaya a vivir con unos extraños que acabo de conocer y los llame mamá y papá?

Choi alzó lentamente su taza de café y la dejó de nuevo en la mesa con un ruido sordo. Un silencio frío envolvió la estancia. Choi, que se había quedado mirando la taza, finalmente habló:

—¿Tan malo sería?

La miré a los ojos.

—¿Tan malo es conocer a los padres a los diecisiete?

—Choi...

23

—¿Acaso uno sólo puede conocer a sus padres al nacer? Todos los NC pueden elegir a sus padres a partir de los trece años. ¿Sabes qué significa eso?

—Que nos abandonaron.

Mientras me encogía de hombros Choi me lanzó una mirada fría.

—Significa que a diferencia de la gente de fuera, ustedes pueden elegir quiénes serán sus padres.

Nunca lo había pensado de esa forma.

—Pueden entrevistar a los que serán sus padres. Por supuesto, entiendo que no te gustaría elegir a unos de quince puntos.

Lo que decía era cierto. Podíamos entrevistar a candidatos a padres. Si causaban una buena impresión o me parecía que podrían ser adecuados, se hacían otras dos entrevistas. Por supuesto, también podíamos vernos más veces o intercambiar grabaciones en holograma si queríamos. Después de eso, vivíamos con ellos durante un mes en un alojamiento situado en el centro. Y si todo iba bien durante ese mes, finalmente nos marchábamos y nos mudábamos a la casa de los padres adoptivos. Hasta que cumplíamos los veinte, los guardias nos visitaban periódicamente para ver cómo nos estaba yendo en la vida. Observaban el grado de satisfacción y evaluaban el estado físico y psicológico de la persona adoptada. Debido a ello, nuestros padres adoptivos necesitaban observar y estudiar constantemente qué les gustaba y qué no a sus nuevos hijos y si estaban sufriendo alguna dificultad.

Sólo de esa forma podían responder adecuadamente a los guardianes cuando llegaban en una de sus visitas.

—Sin embargo…

Choi se pasó la mano por el cabello. Al otro lado de la ventana había oscurecido y las luces de la sala de orientación se encendieron automáticamente. Se activó un sensor en la pared y el sistema de ventilación ajustó la temperatura y la humedad de la sala.

—También hay algunos a los que no les queda otro remedio que vivir con padres de quince puntos.

Choi nos conocía mejor que nadie. Con un solo toque podía leer en su dispositivo toda la información registrada sobre cada uno: fecha de ingreso en el centro, índice de masa corporal, personalidad, tendencias, etcétera.

Por otro lado, nosotros apenas sabíamos nada de los guardianes. Ni siquiera conocíamos sus nombres de pila. Sólo existían los apellidos, y tampoco estaba seguro de que fuesen reales. Eran sólo los "guardianes" que nos protegían, observaban y emparejaban con nuestros padres. No sabía cómo vivía Choi ni por qué había decidido convertirse en guardiana. Sentía que era injusto, pero no había mucho que pudiera hacer al respecto.

El timbre de la cena sonó a lo largo del centro. La mirada fría de Choi desapareció y dio paso a una sonrisa amable de nuevo.

—A mí tampoco me gustó esa pareja. Se veía por dónde iban. ¿Sabes por qué Park te recomendó a la pareja y te hizo entrevistarte a pesar de que le dijiste que no querías?

Choi seguía sonriendo, pero yo no estaba de humor para sonrisas.

—¿Porque soy de los pocos de mi edad en el centro? La mayoría lograba encontrar unos padres adoptivos y marcharse del centro NC antes de cumplir los diecisiete. Y el centro necesitaba que así fuera para mejorar sus estadísticas de rendimiento. Choi rio y agarró su taza.

—Para proteger a los más inocentes.

Al verme parpadear como pidiendo explicación, Choi añadió rápidamente:

—¿Qué pasaría si permitiéramos que un niño inocente se entrevistara con ellos? Lo habrían engañado y habrían pasado a la siguiente ronda. No hay muchos con la habilidad para leer a las parejas de un vistazo como lo hiciste tú. Ahora que los rechazaste, no podrán visitar el centro por un tiempo. Estoy un poco preocupada porque parecen de los que hablan demasiado, pero firmaron el formulario de confidencialidad. Siempre hay tanta presión con el rendimiento, pero no quiero arriesgar la seguridad de un niño para mejorar los números.

Choi dijo lo último mordiéndose el labio inferior, como si se arrepintiera de haber mencionado lo de los números. Sólo en ese momento entendí por qué Park me había dicho lo de "buen trabajo" antes. Era cierto, si un niño como Oki se hubiera entrevistado con la pareja seguramente habría aceptado pasar a lo siguiente con facilidad. Era de esperarse de alguien tan veterano como Park. Después de todo, no cualquiera podía llegar a ser director de un centro.

—Vamos a comer.

—No tengo hambre —respondí levantándome, al igual que Choi.

—No has estado comiendo bien últimamente.

—Pero en los análisis del mes pasado estuve en el diez por ciento superior.

Había un montón de niños viviendo en el centro. Si uno de ellos se resfriaba, el virus se extendía con rapidez. Ésa era la razón por la que teníamos revisiones médicas cada mes. Analizaban de forma meticulosa nuestra estatura, peso, vista, oído, sangre y grasa corporal. Se prescribía de inmediato un régimen estricto y deporte a los niños que tuvieran una masa corporal por debajo o por encima de la media saludable. Al contrario de lo que se pensaba afuera, en los centros comíamos y dormíamos muy bien. Por algo éramos los preciosos "niños de la nación".

Salí de la sala de orientación y volví a mi habitación. Encendí el multirreloj y un holograma apareció flotando en el aire.

—Pantalla.

Al pronunciar la palabra, una imagen se proyectó en la pared blanca. Se reprodujo una película clásica en blanco y negro. Hace mucho tiempo, cada casa necesitaba un televisor. Pensé en lo incómodo que debía haber sido eso. Ahora bastaba con un multirreloj como el mío para proyectar.

—Cambia de canal cada cinco segundos.

En cuanto lo dije, el canal empezó a cambiar en intervalos de cinco segundos, pero la mayoría eran programas insulsos y aburridos, así que pronto apagué la pantalla. Cuando desapareció, volví a tener la pared blanca frente a mis ojos. Me dejé caer en la cama.

Cuando los padres no querían criar a sus hijos daban a luz en un centro médico del Estado y entregaban a los bebés a los centros NC. A medida que ese tipo de padres aumentaba, también lo hacía el número de residentes en los centros.

Hubo un debate acalorado sobre las ventajas y desventajas de los centros NC cuando se establecieron por primera vez. Se criticó que se estuviera justificando a los padres que abandonaban a sus hijos. Sin embargo, tampoco era descabellado argumentar que la baja tasa de natalidad estaba poniendo en peligro a la nación, así que más personas empezaron a alzar sus voces a favor y a afirmar que era deber del gobierno hacerse cargo de los niños abandonados. Hubo una lucha ideológica y las personas a favor y en contra se opusieron como una gran liga en tensión.

Pero después de que tuvo lugar un conocido incidente, las voces críticas crecieron de forma descontrolada...

Escuché un sonido electrónico familiar. Miré hacia la puerta y dije:

—Seguridad.

La parte central de la puerta se volvió transparente como el cristal y eché un vistazo.

Para mi sorpresa, era un robot ayudante, pero yo no había llamado a ninguno.

—Abrir.

La puerta se abrió y el robot entró. Al ver que llevaba un sándwich y un vaso de leche, supe quién lo había enviado sin necesidad de preguntar. Cuando apreté el botón brillante de su pecho una voz familiar llenó mi habitación.

—La salud es algo que no deberías dar nunca por sentado. Por lo menos come esto.

Al escuchar la voz de Choi, sonreí un poco sin darme cuenta. Si Park, el director, era una persona estricta y de principios, Choi era quien trataba de satisfacer las necesidades de los niños lo mejor posible dentro de lo permitido por las normas. Tenía la virtud de hacer su trabajo con empatía y flexibilidad.

Cuando se marchó el robot, le di un buen mordisco al sándwich.

Al centro se le daba bien criarnos, nos hacían comer hasta cuando no queríamos.

En ese momento, la puerta se abrió y Oki entró corriendo y gritando con la cara roja:

—¡Janu! ¡Janu! ¡También tengo una! ¡Voy a hacer paint!

Además de alimentarnos cuando no tenemos hambre, el centro siempre está tratando de conseguirnos familia. Dejé la mitad del sándwich en la bandeja, no era capaz de terminármelo sin hambre.

2. COMIENZA LA ENTREVISTA CON LOS PADRES

—**N**o te crees demasiadas expectativas —le dije a Oki.

Me miró y parpadeó con una expresión inquisitiva.

—Ya lo sé, pero de verdad espero que tengan buen aspecto. ¡Que sus voces sean suaves y sean personas sanas que puedan hacer *windboard* conmigo! Me encantaría que les guste cocinar. Así podría pedirles cualquier cosa de comer. El guardi me dijo que me enseñarían el holograma pronto. ¿Qué tipo de personas serán?

Me senté en el borde de la cama. Verlo tan lleno de ilusión me preocupó. A mayores expectativas, mayor es la decepción.

—O podrían ser gente obesa y con la cara llena de arrugas. Incluso podría ser que odien caminar y ya no hablemos del *windboard*. ¿Y cocinar? ¿Quién cocina hoy en día? Todo el mundo pide comida a domicilio. Tampoco te fíes demasiado del holograma porque editan todos los defectos.

—Mira que eres gruñón —dijo Oki frunciendo los labios.

Sonreí y apoyé mi cabeza en ambas manos. En ese momento recordé los ojos de Choi en la sala de orientación. A diferencia de otros días, no podía quitarme de la cabeza sus ojos oscuros y neblinosos.

La mayoría de las guardianas trabajaban en centros del primer y segundo nivel cuidando de los niños y también había muchas que laboraban en el centro G, que era sólo para chicas. Los "last centers" eran complicados y agotadores porque nos conectaban directamente con los padres adoptivos. Me preguntaba por qué Choi habría elegido trabajar aquí. Por otro lado, me cuestioné si no habría elegido, precisamente por esas dificultades, este centro con el peor rendimiento del país, de la misma manera que un matemático disfruta de las fórmulas más complejas o un alpinista siente más fuerza en las piernas cuanto más escarpada es la pendiente. ¿Le gustaban los retos?

Ésta es una sociedad en la que nadie quiere tener hijos y cuando los tienen no quieren cuidarlos. Por eso el gobierno promovió de forma activa la adopción de niños NC. Poco a poco, la gente empezó a interesarse en los centros, pero la mayoría quería tiernos niños de unos cinco años, quienes podían entender lo que les decían hasta cierto punto y actuaban de la forma más encantadora. Los recién nacidos daban demasiado trabajo. A medida que más gente solicitaba entrevistas de forma indiscriminada sólo para recibir beneficios del gobierno, empezaron a surgir efectos negativos.

Hubo casos de padres que descuidaban y abusaban de sus niños, y ocurrieron tragedias terribles. Al final, el gobierno aumentó la edad de adopción de los NC. Sólo los chicos de más de trece años podían entrevistarse con padres potenciales. Por supuesto, hubo quienes manifestaron su preocupación. Después de todo, la pubertad era una edad muy difícil; ¿quién querría adoptar a un adolescente cuando no habían sido capaces de criar a sus propios hijos? Además, cuando alguno no abandonaba el centro a esa edad, había sospechas sobre si tendría algún tipo de problema y por eso no había encontrado padres adoptivos.

A pesar de todo, también había gente que opinaba distinto. De hecho, cuando el gobierno aumentó la edad mínima de adopción, más personas empezaron a mostrar interés en los centros NC. Había dos razones para ello: el tiempo de criar a los hijos se acortaba diez años en comparación con lo normal y, además, podían recibir antes sus pensiones. Por supuesto, los padres todavía tenían que criar a sus hijos de forma apropiada hasta la edad adulta y después de eso se realizaban inspecciones cada cinco años. Si se presentaba cualquier problema en el proceso tenían que pagar multas.

Después de que se firmó la declaración de paz entre las dos Coreas, los intercambios entre ambos países aumentaron y una parte del presupuesto que se destinaba a la defensa nacional se añadió a los fondos dedicados al bienestar social y a estabilizar la tasa de natalidad. Lo primero que se hizo fue establecer los centros NC, un proyecto del que dependía la supervivencia de la nación.

Se podía vivir en los centros hasta los diecinueve años. Después de eso, había que abandonarlos y valerse por uno mismo. Sin embargo, la discriminación y el maltrato hacia los NC por parte de la sociedad no desaparecían fácilmente. La gente se creía diferente de los que provenían de los centros y tenía una sensación de superioridad. Los que habían sido criados por sus padres biológicos nunca aceptarían como iguales a los NC. Del mismo modo que los humanos odiaban a los robots ayudantes por parecerse a ellos, el odio hacia los NC se respiraba en el aire. Sobre todo, después de aquel incidente...

—Hey, Janu, ¿tú no quieres tener padres? —me preguntó Oki de repente.

En lugar de responder, me quedé mirándolo. ¿Padres? El lío que tenía en la cabeza era como un tablero de ajedrez puesto al revés. Estaba claro que había muchas más ventajas en tener padres. Podría tener un nombre normal como la gente de fuera sin ese número de serie que me hacía parecer un robot. También podía ir a donde me diera la gana y estudiar en una escuela de verdad. Y, lo mejor de todo, podría tener mi propia habitación.

—No sé, siento como si me estuvieran vendiendo.

Sentía que todo el proceso de adopción era una falsedad. Me parecía que los padres preadoptivos sólo salivaban pensando en los distintos beneficios que podrían obtener del sistema gracias a mí. Desde que los veía en el holograma, sentía que eran más falsos que un gato ladrando.

—¿No crees que puedas adaptarte a ellos? —murmuró Oki mientras se rascaba la sien, un hábito que mostraba cuando se sentía incómodo. Si un día encontraba unos padres, ellos llegarían a conocer esos hábitos, su personalidad y sus comidas favoritas. Eso sí, como decía Oki, se adaptaban bien. De pronto, recordé algo que Choi había mencionado:

"También hay algunos a los que no les queda otro remedio que vivir con padres de quince puntos".

Si no hubiera crecido en un centro NC y hubiera estado fuera, yo tampoco habría tenido elección. Tal vez no me hubiera quedado otra opción que vivir con padres de quince o incluso de cinco puntos. Quizás eso de "adaptarse unos a otros" que decía Oki fueran sólo palabras y nunca llegaba a ocurrir.

—Para mí, elegir padres es como casarse —dijo Oki.

¿Casarse? Me quedé mirándolo extrañado.

—¿No es eso en lo que consiste el matrimonio? Es como un contrato entre dos extraños para vivir juntos en la misma casa. Al principio, es normal que haya alguna pelea en el proceso de adaptarse el uno al otro, pero se acostumbran con el tiempo. Y si no, pueden separarse. ¿No es parecido a la relación entre padres e hijos?

Oki parecía casi un adulto cuando se expresaba así.

—No, creo que son elecciones diferentes.

Oki me miró otra vez como preguntándose por qué. Cerré los ojos y apreté los labios. De repente me sentía mareado por todos esos pensamientos que me asaltaban como ruido estático.

Aquel criminal mató a doce personas. Habían pasado más de diez años del incidente, así que se iba desvaneciendo de la memoria de la gente. Recuerdo haber visto un reportaje en las noticias sobre el caso cuando tenía trece años, justo después de entrar en este *last center*. La entrevista que concedió el asesino conmocionó a muchos. El video dio la vuelta a todo el país. Ni siquiera censuraron la cara del asesino con un mosaico. Confesó que había planeado el crimen durante mucho tiempo por resentimiento hacia sus padres biológicos, que lo habían abandonado. Incluso hizo la terrible confesión de que habría continuado si no lo hubieran arrestado. Sus palabras se difundieron en los medios y enseguida causaron una gran conmoción en el mundo. Y lo peor de todo es que era un NC. Historias horribles se extendieron rápido como un fuego descontrolado y rumores sin fundamento circularon como la pólvora y se transmitieron como si fuesen hechos reales.

Para resolverlo, el gobierno reformó la ley para borrar los números que indicaban el origen de los NC de sus carnets de identidad en cuanto fueran adoptados. Debido a eso, los niños NC se convencieron de que encontrar padres los ayudaría a tener una mejor vida en el futuro.

El objetivo básico y el papel de los centros NC era conectar a la gente que quería adoptar con los NC, para crear familias de una forma que nadie supiera su procedencia. Por supuesto, no cualquiera podía convertirse en padre. Los padres preadoptivos tenían que pasar por una estricta revisión documental, así como por estudios médicos y psicológicos. Y después, estaban las entrevistas, que eran uno de los componentes más importantes. Los NC se referían a ellas con el argot "paint", que era una abreviación de las palabras del inglés "parent's interview". Para los NC, hacer un "paint" significaba ir a una entrevista con posibles candidatos a padres. No se sabe quién acuñó la palabra. Quizá tan sólo empezó a usarse un día. También puede que su origen tuviese que ver con "pintar" y que se refiriese al deseo de los NC de pintar sobre nuestro origen. Quizás expresaba nuestro deseo de teñir nuestro futuro del color que quisiéramos. Las entrevistas de adopción eran un proceso en el que diferentes colores se combinaban. Y la mezcla resultante podía hacer que esos colores brillaran más que antes o adquirieran un desagradable tono turbio.

A medida que el número de familias adoptivas aumentaba, los problemas que se veían en la superficie fueron desapareciendo poco a poco. Los NC fueron integrándose en la sociedad de forma natural y la discriminación se redujo considerablemente.

El gobierno dirigía y supervisaba los centros para proteger las identidades de los NC hasta que eran adoptados. Y se establecieron escuelas en ellos, para que no tuvieran que abandonar los centros en ningún momento. Los NC rara vez salían del centro, a excepción de las dos excursiones que hacíamos al año. Eso duraba hasta que alguno cumplía los diecinueve y lo echaban del centro.

—A nosotros nos falta algo esencial en comparación con las familias biológicas —dije mirando a Oki.

Quizá no tuviera sentido lo que iba a decir, pero ahora que había empezado tenía que soltarlo, aunque pudiera sonar cruel.

—Amor.

Cuando dije esa palabra, los ojos negros de Oki se humedecieron. Los chicos emocionales como él se desanimaban fácilmente ante comentarios crudos como éste. Pero supongo que era mejor que lo supiera. Hay una expresión que dice que la buena medicina siempre tiene un sabor amargo.

—Entonces, ¿crees que los padres que nos dieron a luz tenían ese amor?

Esta vez fui yo el que sintió una picazón en los ojos.

—¿Sabes?... mientras practicábamos *windboard*, le pregunté a Jun 203 por qué hay tantos Jun en los centros NC.

—¿Y qué te dijo?

Oki bajó la cabeza abatido. De haberlo sabido no habría mencionado el asunto. Conociendo la personalidad de Oki, no creo que preguntase para burlarse de Jun.

Seguramente había preguntado sin segundas intenciones, por curiosidad genuina. Simplemente se debía a que las vacaciones de verano son en agosto. La gente se iba de viaje a la montaña, al mar, a una isla o al extranjero escapando de la repetitiva rutina diaria y se embriagaban de libertad en parajes deslumbrantes. Los niños nacían en junio del año siguiente. Ésa era la razón por la que había tantos Jun y Juni en los centros NC.

—¿Sabes lo que me dijo Jun?

—¿Mmm?

—Me dijo que había un montón de Okis en el centro en el que estuvo antes.

La razón por la que había tantos Oki era porque las vacaciones de navidad caían a final de diciembre. Al ver la sonrisa forzada de Oki, sentí una punzada en el pecho. A fin de cuentas, ¿qué importancia tenía todo eso? De todas maneras, al final nos habían abandonado.

—Si encuentro unos buenos padres, seré el mejor hijo. Nunca me olvidaré del día de la madre ni el del padre, y siempre les daré un regalo y flores cuando sean sus cumpleaños o su aniversario.

Permanecí en silencio.

—¿Sabes? Creo que el amor se puede crear.

Oki tenía un corazón aún más puro de lo que pensaba. Me sentía completamente derrotado. Le sonreí mientras acariciaba su pelo.

—Estoy seguro de que encontrarás unos padres magníficos.

De verdad esperaba que encontrase buenos padres adoptivos. Oki era dulce e inocente. Era de esas personas que sólo con tenerlas cerca te hacen sonreír.

—Janu...

—¿Sí?

—Choi me dijo que no me sintiese intimidado en el paint, pero creo que me pongo nervioso.

Choi tenía razón. No había razón para ponerse nervioso porque teníamos todo el derecho a escoger nuestros padres. No importaba que ellos fueran mayores que nosotros, no necesitábamos sentirnos intimidados. Era nuestro derecho y obligación decir que no si no nos gustaban.

Los que eran eliminados en las entrevistas firmaban un acuerdo de confidencialidad para el centro. Desconozco los detalles, pero teniendo en cuenta que hasta ahora no había habido ningún incidente destacable supongo que debe de haber algún tipo de sistema de compensación.

—Me pregunto qué tipo de personas serán.

—Cuéntamelo después de ver su holograma. A lo mejor sólo con verlo se te quitan las ga...

—¡Janu! ¡Basta ya!

Oki infló las mejillas en señal de enfado. Tal vez yo estuviera siendo un aguafiestas, pero de verdad me preocupaba verlo tan emocionado y lleno de esperanza. Quizá fuese porque me recordaba a mí cuando tenía su edad y no podía evitar pensar que, cuanto más ilusionado estuviera, mayor sería la decepción.

—La fricción es esa fuerza que actúa entre dos objetos en contacto siempre en dirección opuesta al movimiento... ¿Qué estás haciendo, Janu? ¿Por qué no estás prestando atención a tu pantalla.

Yo, que tenía la mirada perdida en algún punto más allá de la ventana, volví la vista hacia el profesor de ciencias.

—¿Por qué no ha dicho el 301?

El profesor frunció el ceño ante mi respuesta indiferente.

—Eres el único Janu en esta clase. ¿De verdad necesito utilizar también el número?

—Es sólo que 301 suena más a mi nombre.

El profesor agitó la mano indicándome que me olvidara del asunto. Cuando toqué "principio de fricción" en mi pantalla, apareció un recuadro rojo. La lección era aburrida; mientras continuaba, eché un vistazo al resto de los chicos sentados en la clase. Éramos los mayores del centro NC. La mayoría tenía éxito en el paint y abandonaba el centro a los quince años. Apenas quedaban unos pocos que tuvieran dieciséis o diecisiete años. Me giré y miré a Noa. Noa 208 para ser más exactos.

No era fácil devolver a un NC al centro para su readopción. No sólo debían regresar toda la financiación recibida, sino que la pareja debía pagar multas. Noa se había marchado del centro a los quince años y había regresado pasados tan sólo seis meses.

—Me obligaban a seguir preceptos religiosos. Podía soportar lo de rezar antes de las comidas. Hasta aguantaba lo de ir a la iglesia todos los domingos y sentarme en la primera fila a escuchar los aburridos sermones sin dormirme. Pero ¿qué era eso de obligarme a hacer voluntariado? Lo de ayudar a los vecinos suena bien, pero ¿trabajar para personas desconocidas? Simplemente no quería hacerlo. Después de discutir sobre el tema varias veces, me cansé, y al final les dije que regresaría al centro. A excepción de eso, no estaba tan mal... pero de todas formas, me mintieron. Durante la entrevista me dijeron que no tenía que preocuparme por la religión.

Noa no era el único que había regresado al centro. Cuando los padres eran demasiado estrictos, no prestaban ninguna atención o simplemente todo se volvía muy incómodo, los NC volvían sin pensárselo dos veces. La mayoría de los que tenían diecisiete años habían sido adoptados al menos una vez o habían estado muy cerca.

El año pasado, un chico de dieciséis años se había ido a vivir con sus terceros padres adoptivos. A juzgar por el hecho de que no habíamos tenido noticias suyas, parecía estarle yendo bien. Me pregunto qué dirían los chicos de fuera si supieran que podemos cambiar de padres cuando no nos gustan y que también podemos elegirlos.

Sonó el timbre que indicaba el final de la clase. Cuando el profesor dijo "esto es todo por hoy", los estudiantes se estiraron desperezándose. Después de guardar la clase en mi pantalla, me levanté. El monitor se integró automáticamente en el escritorio. Era increíble que todavía tuviéramos que tomar clases en monitores viejos como ése. Supongo que se debía al bajo rendimiento del centro. Parecía que cuando los de la sede central se ponían en tu contra, lo hacían en serio.

—Janu, ¿vendrás a la sala de realidad virtual después? —preguntó Noa. Era lunes, el único día de la semana que nos permitían usarla.

—Por supuesto.

—Oye, ¿sabes qué es lo que más me gustaba del mundo exterior? Poder ir a las salas de realidad virtual cuando me daba la gana —me dijo Noa tras bostezar con expresión somnolienta—. Es totalmente diferente a tener que ir un día específico de la semana, como aquí. Me gustaría que me volvieran a adoptar para poder ir cuando me dé la gana.

Los NC sólo tenían unas pocas salas de realidad virtual, mientras que en el exterior había por todas partes. Debido a ello, sólo podíamos ir en el horario asignado a nuestro grupo de edad. Los tipos de juegos también estaban limitados, y los que tenían contenido violento o sexual no estaban permitidos. En el exterior, había un montón de juegos que nunca habíamos visto aquí.

De repente, Noa estalló en carcajadas.

—¿Qué pasa?

Mientras seguía sonriendo me respondió:

—Al principio, me esforcé al máximo por evitar cualquier roce con mis padres en casa, pero vivir con ellos en su hogar era muy distinto a pasar ese mes juntos en un alojamiento temporal. En primer lugar, era raro vivir en una casa sin un pasillo largo como el del centro. El mini robot ayudante de esos que se ven en los anuncios no paraba de correr de un lado para el otro, había un olor peculiar y cuando miraba por la ventana no veía el holograma del bosque verde de aquí. Se me hacía raro no tener montañas cerca.

Aunque yo no lo había vivido, podía entender a qué se refería Noa.

—Pero ¿sabes qué es lo más divertido? Los chicos de fuera que han crecido con padres estaban igual.

Cuando puse cara de no entender, Noa me dedicó una sonrisa amarga y prosiguió:

—Quiero decir, en la escuela todos me decían que también intentaban no hacer enojar a sus padres.

Noa se quedó pensativo por un momento y añadió:

—Todos decían que tener padres era una molestia.

—¿Una molestia?

Noa asintió.

—Oírlos decir eso me hacía enojar un poco.

—¿Por qué?

Noa, que se había quedado observando el vacío, volvió a mirarme.

—Esos cabrones tienen toda la felicidad. Sus padres los tuvieron, los criaron... ¿y van por ahí diciendo que son una molestia? Son unos desagradecidos. Pero al mismo tiempo, también pensé en si sus padres no los considerarían una molestia, seguro que los irritan y se enfadan con ellos. No hay efecto sin causa, ¿cierto?

Creía que Noa sólo pensaba en juegos, pero comprobé que también concebía ideas profundas. Estaba de acuerdo en que no había un efecto sin su causa en el mundo. Antes de echarle la culpa a alguien, quizás uno debería pensar en qué les ha hecho actuar de esa manera, pero no había mucha gente que recordara la relación causa-efecto cuando pensaba en la que se establecía entre padres e hijos.

—Vaya, parece que aprendiste algo importante afuera.

A pesar de mi tono sarcástico, Noa sonrió y puso cara de estar de acuerdo.

—Pues también deberías probar a aplicar esa teoría en ti —dije—. Antes de enfadarte, piensa en las consecuencias que eso podría traerte.

—Eh, enfadarse es un resultado. Y es porque simplemente nací con una personalidad irascible.

Así analizaba su personalidad... Noa era el tipo de persona que adaptaba las cosas a aquello que le resultara más conveniente. Era su punto fuerte, pero también su fragilidad.

Terminada la clase, nos dirigimos en pequeños grupos a la sala de realidad virtual. Yo también iba hacia allí con pasos lentos. Al llegar, los sensores de la puerta escanearon nuestras caras y pupilas. Antes de empezar el juego, nos colocábamos unos lentes especiales. Todos reíamos emocionados ante la perspectiva de escapar de la aburrida realidad y entrar en un mundo virtual fantástico.

—¿Jugamos juntos? —preguntó Noa cuando entramos en la sala.

—No, hoy prefiero jugar solo.

Noa se encogió de hombros y entró solo en una habitación. Abrí la puerta de la siguiente, justo al lado. Tenía las paredes pintadas de un verde brillante.

—Janu 301. Empezar juego privado.

Las luces se apagaron y se escuchó una voz que dijo "Janu 301, conexión completada". Como había bloqueado el acceso de otros jugadores, tenía ese espacio sólo para mí. Me molestaba y odiaba que otros interviniesen en mi partida. Instantes después, tenía un bosque verde ante mis ojos con una música familiar de fondo. Entré en la partida guardada la última vez. Después de dudar un momento si debía empezar una nueva, decidí simplemente continuar.

—Gladius.

Al decir esa palabra, una luz cayó sobre mí y tomé la forma de un caballero errante de la Edad Media. Casi podía sentir el peso de la espada en mi mano. Mientras avanzaba, el bosque se iba haciendo más denso. El suelo parecía moverse como una cinta transportadora. Cuando me detuve, el suelo también lo hizo. El sensor en la habitación de realidad virtual no perdía ni un pequeño movimiento del jugador.

Vi pasar volando un pterodáctilo sobre las copas de los árboles. A lo lejos se alzaba un castillo envuelto en niebla. ¿Lograría conquistarlo hoy? Con tan sólo mi espada y mi armadura, era imposible. Debía matar muchos enemigos y conseguir oro para mejorar los atributos de mis armas y armadura, pero, a diferencia de otros, no me gustaba arriesgar la vida luchando. Siempre dejaba el juego después de matar unos cuantos enemigos o un dragón de los pequeños. Por más que fuera realidad virtual, había un límite físico en mi capacidad para luchar.

Ahora empezarían a volar las flechas desde la alta hierba y aparecerían los enemigos. Apreté la mano con la que empuñaba la espada. En ese momento, una flecha voló desde detrás de un árbol y pasó junto a mi oreja. Lo había experimentado muchas veces, pero, aun así, el corazón me dio un vuelco. Supongo que esas sensaciones vívidas son el motivo por el que la gente juega realidad virtual.

Por fin, apareció frente a mí el hombre que había disparado la flecha. A juzgar por la insignia que llevaba en el pecho, era del rango más bajo de entre los soldados que custodiaban el castillo.

—¡Identifícate!

En lugar de responder, me encogí de hombros. Como caballero errante, no tenía ningún estatus. La gente siempre le daba mucha importancia al origen de uno. Justo del mismo modo en que se preocupaban por la procedencia de un alimento, les era de vital trascendencia saber el lugar del que venía la gente. ¿En verdad era tan problemático ignorar de dónde venía? Yo simplemente soy yo. Por supuesto, mis padres biológicos estarían en alguna parte, pero no creía que el hecho de que no los conociera ni me hubieran criado me convirtiera en un ser humano incompleto. Me conocía a mí mismo mejor que nadie. ¿No era eso mucho más importante que saber qué tipo de personas eran mis padres? ¿Por qué la gente lanzaba miradas de desprecio a los NC? ¿Es que conocer a tus padres y vivir con ellos era algo tan grandioso como para sentirse superior? ¿Era algo tan valioso como para que tuviéramos que pelearnos por ello cada día?

—¡Aquí está mi identificación!

Blandí mi espada y cargué contra el enemigo.

Encarnar a un caballero medieval resultaba extenuante. Era un juego que requería mover todo el cuerpo con fuerza, así que al terminar quedaba agotado. Al menos me servía para aliviar el estrés, pero la próxima vez jugaría algo menos exigente para el cuerpo, como un juego de francotiradores.

Cuando entré en mi habitación después de ducharme, Oki —que estaba mirando la pantalla en la pared— volvió la vista hacia mí.

—Un guardián te estaba buscando. Dijo que fueras a la oficina central.

—¿Quién?

—El director del centro.

Oki volvió a mirar la pantalla. Sólo había un motivo por el que me pedirían visitar la oficina central a esas horas. Si fuese por mi conducta en clase o algo por el estilo, simplemente me habría enviado una advertencia a través del multirreloj. Después de secarme el pelo con una toalla, abrí la puerta de la habitación.

—Janu, ¿podrías cambiar a las luces de noche?

—Hazlo tú con el control remoto.

—Es que está encima de la mesa... bueno, déjalo, gruñón.

Metí las manos en mis bolsillos y caminé por el pasillo. Al pasar junto a un grupo de chicos, los escuché cuchichear:

—¿Qué te parece el nombre del protagonista de la película del otro día? ¿No era genial? ¿Y tú qué? ¿Tienes algún nombre en mente?

—Llevo tanto tiempo siendo Janu 408 que se me haría raro imaginar que me llamaran de otra forma.

—Pero tampoco es para seguir usándolo una vez que salgas de aquí, ¿no crees?

Sus risas amargas se apagaron cuando me acerqué al final del pasillo. Bajé a la primera planta y me subí en la cinta transportadora. La mayoría de los chicos que habíamos crecido en centros estábamos acostumbrados a la disciplina y el control sin que nos dijeran nada. Nos levantábamos por la mañana después de escuchar la alarma, comíamos a las horas designadas y cuidábamos nuestra salud y nuestras calificaciones. Las reglas como hacer fila, esperar turno y jugar por una cantidad de tiempo limitada nos envolvían como una armadura holográfica en una sala de realidad virtual. No creíamos que esos hábitos fueran malos. Quizá chicos como nosotros, los NC, fuéramos justo lo que más necesitaba la sociedad. ¿Qué habría ocurrido si hubiésemos nacido en una familia común? Seguramente ese tipo de vida habría tenido sus propias reglas, a las que se les suele llamar tradiciones familiares. En algunas familias habría una libertad incomparable a la de los NC, pero seguramente también habría otras que serían más opresivas de lo que estábamos acostumbrados en los centros. Una casa con padres de quince puntos como los que mencionó Choi podría ser uno de esos lugares. En cierto modo, creo que las familias son como versiones más pequeñas de los centros NC. Igual que nosotros estábamos acostumbrados a alimentarnos por nuestra cuenta, quizá los niños se comporten según las reglas de sus casas. Quizá somos como camaleones que cambian de color según el entorno. La cinta transportadora se detuvo. La puerta se abrió y caminé hacia la oficina.

—Entra.

Park debía haberme visto venir a través del sistema de seguridad de la puerta. Lo saludé inclinando levemente la cabeza. Park me miró con una ligera sonrisa.

—Oki 505 ha conseguido una entrevista.

No creía que me hubiera llamado a esas horas de la noche sólo para contarme aquello.

—Más vale que sean buenas personas. Como sabes, él es un poco…

—Es nuestro deber encontrarles buenos padres a todos.

Era una frase típica de Park. ¿Estaba dando el asunto por zanjado?

—Supongo que sí, de ese modo sube el rendimiento del centro.

Por supuesto, yo sabía que no se trataba sólo del rendimiento. Había escuchado que en otros centros los niños hacían paint dos o tres veces al día. Hacían lo que fuese por colocarlos rápido y subir su tasa de éxito. En contraste, en nuestro centro no había muchas oportunidades de hacer paint. Eso dejaba claro que el director Park no quería que nos entrevistáramos con cualquiera.

—¿Te apetece un té?

Sacudí la cabeza. La mano de Park se detuvo antes de pulsar el botón. Observó mi rostro. No era alguien que se alterara fácilmente por mis respuestas cortantes. Esperaría pacientemente a que yo me calmase. Me di cuenta de que me había ofrecido el té para hacerme sentir más cómodo. Sí, supongo que mencionar lo del rendimiento había sido exagerado.

—Lo siento.

—No, es cierto.

Sonreí y Park tamborileó con los dedos sobre la mesa.

—Ya que lo has mencionado, creo que debo ser más honesto contigo. Como dices, los números son muy importantes para nosotros. Ya sabes que este centro tiene los peores de todo el país. Hemos recibido órdenes de la sede central. Quieren que rebajemos los requisitos a los padres preadoptivos. Lo cual no significa que vayamos a aceptar a cualquiera, pero...

El rostro de Park palideció. Presionó un botón y en el centro de la mesa apareció un holograma cilíndrico y borroso que se volvió más definido gradualmente. Observé a las dos personas que aparecieron en él. Se trataba de una pareja a principios de su treintena.

—Mmm, no sé. Si soy sincera, nunca me han gustado especialmente los niños pequeños. Son cuestiones personales, pero ¿no sería diferente si el niño ya fuera mayor y pudiera comunicarse con nosotros? Si surgiera un problema bastaría con hablarlo, ¿cierto? ¿Habría más problemas por las diferencias de opiniones? ¿Tú cómo lo ves, cariño?

Cuando la mujer terminó de hablar, el hombre se rascó la cabeza con nerviosismo.

—Sí, dialogar suena bien. No dar órdenes. Si tan sólo mi padre hubiera pensado así...

—No hace falta que hables de ti ahora.

La mujer lo miró de reojo frunciendo el ceño y después volvió a ver al frente. Ambos parecían incómodos, sin saber cómo comportarse en esa situación.

—Si creen que alguien como nosotros serviría... ¿podríamos tener una de esas entrevistas para ser padres? —preguntó la mujer señalando hacia arriba con un brazo.

—Pero, cariño, ¿en verdad ésta es la única opción?...

—Déjalo, ¿vas a darte por vencido ya?

El holograma desapareció con un *blop*. Seguí mirando al lugar donde éste había estado, con cara de desconcierto. ¿Sería ésa la sensación que tuvieron los africanos cuando empezó a nevar por primera en su continente hace muchos años? Miré a Park, que tamborileaba con los dedos sobre la mesa como si estuviera avergonzado.

—Lo siento, es sólo…

—Quieres que yo haga la entrevista con ellos, ¿cierto?

Park apretó los puños. Estaba claro que lo lamentaba. No, no era sólo que lo sintiera, que alguien como él mostrara tanta emoción significaba que estaba intentando reprimir su ira.

—Si otro de los chicos hace la entrevista, le harán daño. Janu, sé que tú también eres sólo…

—Lo haré, puedes programarla —repliqué antes de que terminara.

Park me miró; en sus pupilas marrones percibí ansiedad.

—No sé qué decir…

—No digas nada, no estoy diciendo que lo vaya a hacer por ti.

—¿Mmm?

—Es que en verdad me agrada esa pareja.

De repente, quería verlos en persona. Al notar que se me dibujaba una sonrisa sin darme cuenta, supe que era un sentimiento genuino. La expresión de Park en ese momento era difícil de describir. No sería de extrañar que estuviera sorprendido, ya que yo nunca había expresado mis sentimientos de manera tan positiva.

—Me caen mejor que todos los padres preadoptivos que he conocido hasta ahora.

Park sacudió la cabeza como si no entendiera qué estaba diciendo.

—Eres un chico que nunca deja de sorprenderme.

No sabía si eso era un cumplido o no. Me alegré de que no hubiera dicho que mis pensamientos eran ridículos. A veces, las ideas pueden llegar a cambiar el mundo.

—En verdad deseo que llegues a vivir en un mundo sin discriminación.

—Ya sabes que a la gente ahí fuera le encanta saber de dónde procede todo.

Park reaccionó a mi chiste con una expresión taciturna. Tenía que entender que yo tenía diecisiete años, no era lo suficientemente viejo para reaccionar con amargura ante esa realidad.

—Creo que deberías pensar bien en tu futuro —dijo.

Sabía a qué se refería, pero del mismo modo que yo sólo conocía una parte de los guardianes, él sólo conocía una parte de mí.

—No hay nadie que se preocupe por mi futuro más que yo.

Park me miró sin decir nada.

—Por eso todavía no he logrado salir del centro.

Observé las venas azuladas en el dorso de su mano. Seguro que la sangre que corría por ellas estaba caliente, pero resultaba difícil de imaginar teniendo en cuenta su fría expresión. Me pregunté qué tipo de padres habría tenido Park y en qué ambiente se habría criado. ¿Sus padres habían sido tan estrictos como para convertirse en alguien terco y de principios inquebrantables?

—Me pregunto si sería mejor vivir con unos padres de quince puntos o con el estigma de ser un NC —añadí sonriendo, mientras recordaba las palabras de Choi—. No parecen tan malos, ¿cierto?

Tras esas palabras en tono de burla hacía mí mismo, Park se quedó mirándome con expresión interrogativa.

—Al menos, puedo elegir a mis padres —añadí.

—...

—Como sabes, hay muchos que no tienen esa opción —dije empujando la silla hacia atrás al levantarme—. Por favor, fija la entrevista lo antes posible —me despedí inclinando la cabeza y caminé hacia la puerta.

—Yo fui uno de ellos.

Me giré y lo miré de nuevo a la cara. Su tez pálida, su mandíbula cuadrada, su nariz afilada y sus labios fruncidos se sentían especialmente gélidos hoy. Sus profundos ojos marrones transmitían desolación y soledad. Park era como una isla que existía tras una densa niebla, una persona que está siempre cubierta por un velo y no muestra nada más allá de él.

—¿A qué te re...?

—Te avisaré en cuanto se confirme la entrevista —zanjó cambiando de tema.

Percibí un desconcierto en su mirada, como si hubiera hablado de más. Park se había vuelto a esconder rápidamente detrás de la densa niebla. Del mismo modo que él me conocía, yo sabía lo suficiente para darme cuenta de que no era del tipo que respondería a preguntas, así que era mejor dejarlo cambiar de tema.

—Tómatelo con calma, te ves muy cansado —dije.

—No hace falta que te preocupes por eso, conozco mi cuerpo mejor que nadie.

—No es cierto, sólo finges conocerlo.

—...

—No vayas a desmayarte como la otra vez y que tengan que llevarte al hospital.

Park era adicto al trabajo. Después de revisar todos los documentos de los padres preadoptivos que le enviaba la sede central: sus identidades y ocupaciones, relaciones familiares, aficiones e historiales médicos, los volvía a revisar para asegurarse de que fueran ciertos. Tras examinar los documentos de forma rigurosa, buscaba los NC que le parecían más apropiados para tener una entrevista, acompañados de guardianes. Era el encargado de analizar los hologramas enviados por los padres preadoptivos y tenía la decisión final sobre si debían mostrarse o no a los NC. Pero eso no era todo. También prestaba especial atención a la salud y bienestar de los chicos. Debido a eso, su propia salud siempre quedaba relegada a un segundo plano. Su aspecto frío y calmado no lo dejaba entrever, pero, en realidad, era desgarbado y estaba en los huesos. Estaba seguro de que el año próximo podría ganarle en un juego de fuerzas. Quizás incluso ahora. El hecho de que se hubiera desmayado mientras examinaba los hábitos alimenticios de los niños diagnosticados con problemas nutricionales nos pareció impactante e irónico.

—Dicen que uno nunca debe confiarse demasiado con la salud.

—¿Quién lo dice?

—Choi.

—Y tiene razón, pero ella estaba hablando de ustedes, que son por quienes se preocupa.

Sacudí la cabeza en desacuerdo.

—Choi se preocupa…

Park me miró con sus ojos marrones.

—Por todo el mundo en el centro. Por nosotros, los guardianes y también por su director.

Le sonreí a Park y me marché.

3. ¿A QUIÉN ME PRESENTARON?

Todos los que venían al centro para hacer una entrevista llegaban con una gran sonrisa en la cara. Intentaban decirnos con cada gesto lo mucho que nos querían y lo preparados que estaban para ser buenos padres y darnos el mejor hogar posible. A veces, había algunos que lloraban de emoción. Parecían a punto de saltar de la pantalla del holograma y abrazarnos mientras nos contaban que ser padres era el sueño de sus vidas.

Hombres y mujeres llevaban sus mejores galas para los hologramas. Su piel siempre se veía radiante y sin arrugas. Por supuesto, era gracias al poder de la edición. En los hologramas, siempre se mostraban tiernos, amables y llenos de amor. Si se atoraban o cometían un error, tenían que grabarlo una y otra vez. No sé si por suerte o por desgracia, después de tantas paint yo podía saber qué tipo de personas eran con tan sólo echar un vistazo a su holograma.

"¿Por qué no esperas a verlos en persona?", solía preguntarme Park. "¿Para decepcionarme aún más?", solía replicar yo. Cuánto más exagerados eran expresando sus emociones, más dejaban entrever sus verdaderas intenciones.

"Queremos un chico obediente de personalidad tranquila que no nos dé muchos problemas, cobrar rápido el subsidio del gobierno y casarnos para obtener también una pensión estable".

Hacían un discurso largo y aburrido de esas intenciones tan simples. Sé que debía ser muy tedioso para ellos irse por las ramas de esa manera, pero para nosotros también era muy aburrido escucharlos.

"Mmm, no sé. Si soy sincera, nunca me han gustado especialmente los niños pequeños. Son cuestiones personales, pero ¿no sería diferente si el niño ya fuera mayor y pudiera comunicarse con nosotros?".

La mujer de ese holograma tenía un estilo normal. Llevaba el cabello recogido, la cara sin maquillar y ropa deportiva cómoda. El hombre dubitativo a su lado se veía similar. Por el delantal negro con manchas de pintura que llevaba, parecía un pintor que acababa de salir de su taller. Me pareció que transmitía cierta libertad. Fuese como fuese, de entre todos los hologramas que había visto eran los únicos que se habían vestido con ropa del diario. También eran los primeros que hablaban de forma tan honesta.

Nunca había visto a nadie que quisiera una entrevista y reconociese que no le gustaban especialmente los niños pequeños. ¿Y cuáles serían esas cuestiones personales que mencionaba? Imagino que algo relacionado con el dinero. Hablaban y se comportaban con transparencia, como si el holograma no hubiera sido editado. La mayoría de los padres preadoptivos que visitaban los centros también iban detrás de los beneficios del gobierno, pero la diferencia era la forma en que se esforzaban por ocultarlo.

De no haber sido presionado, Park nunca hubiera dado a esa pareja la posibilidad de tener una entrevista. Podía imaginarme perfectamente lo preocupado que estaba. No creo que hubiera nadie en el centro que quisiera entrevistarse con unos padres preadoptivos tan directos y, en caso de haberlo, terminaría muy afectado. Oki, por ejemplo, se sentiría muy decepcionado si se entrevistaba con alguien así. Sin embargo, a mí me atraían. Nunca habría imaginado que hubiera gente así de honesta en la vida real.

—Oki, apaga ya tu pantalla.

Oki se estremeció sorprendido y volvió la vista hacia mí con ojos que parecían preguntar: "¿Cómo lo supiste?". En vez de responder, simplemente sonreí. Oki apagó su pantalla.

—¿Estás decepcionado? —pregunté.

—En el holograma parecían muy buena gente.

Desde que había vuelto de la oficina, Oki había estado perdido en sus pensamientos. Yo también me sentía raro después de entrevistarme con padres preadoptivos. A veces, simplemente era decepcionante. Para ser honesto, el problema es que lo era la mayoría de las veces. De todas formas, siempre que regresaba a mi habitación después de una entrevista, me sentía frustrado como si tuviera una roca incrustada en el pecho.

—¿Lo dijiste? ¿Dijiste que querías hacer paint?

Oki asintió.

—No pasa nada; si no quieres, todavía puedes cancelarlo.

Estaba permitido cancelar las entrevistas hasta pasada una semana. Escuché que en otros centros sólo daban dos o tres días, pero en el nuestro se permitía una semana. Supongo que era algo por lo que Park había luchado.

Oki se quedó ensimismado por un instante y después me miró con los ojos muy abiertos.

—Janu, he oído que son ricos.

Yo, que estaba apoyado contra la pared, me incorporé al oírlo.

—¿Te lo contó Park?

Park comprobaba a fondo el historial de los padres preadoptivos, así que si lo había dicho él, debía ser cierto. Sabíamos bien que los ricos rara vez venían a los centros NC porque no necesitaban los subsidios del gobierno. Así que, si lo habían hecho quizás era que de verdad quisieran adoptar.

Oki asintió abatido.

—Lo dices como si fuera algo malo. Deberías decirle a Park que quieres la entrevista lo antes posible. No estarás pensando otra vez en que los dos tienen que ser guapos, ¿cierto?

—No, no es eso.

Oki arrastró las palabras mientras me miraba de reojo.

—Son un poco mayores.

—¿Qué tan mayores?

—Casi abuelos. Tienen un hijo que vive en el extranjero.

Oki dejó escapar un profundo suspiro impropio de alguien de su edad.

—¿Debería cancelar la entrevista?

—¿Sólo porque son mayores? ¿No lo sabes? Los padres adoptivos jóvenes son más...

Oki sacudió la cabeza.

—Ya lo sé. Deben rondar los sesenta, ¿sabes? Los dos se veían sanos. Las aficiones de él son pescar y cocinar, y a ella le gusta viajar.

—Hey, entonces son lo que querías, ¿no es así? Y ahora nadie considera como abuelos a la gente de sesenta. Además, ya tienen experiencia como padres...

Parecían perfectos para Oki. Como era de esperar, los guardianes lo conocían bien. Mejor dicho, nos conocían bien a todos. Sabían qué tipo de padres queríamos y cuáles encajarían bien con cada uno de nosotros. De pronto, se me pasó por la cabeza lo difícil que debía ser ejercer de director de un centro como éste.

—Janu... ¿te gustaría ir en mi lugar?

Su pregunta hizo que me diera un vuelco el corazón. Así que por eso había estado todo este rato con esa cara tan triste.

—Si te vas con una pareja así no sentirías que te están vendiendo para obtener beneficios del gobierno —me dijo—. Eso es lo que querías, ¿no?

—Oye...

—Ya sabes que te quedan menos de dos años. En realidad, uno y algunos meses para ser exactos.

—¿Y qué? —pregunté.

A Oki le temblaban los ojos como si fueran ramas azotadas por una lluvia torrencial.

—Le pregunté a Park si podía cederte mi puesto.

Sentía una quemazón en la garganta como si me hubiese tragado un trozo de hierro al rojo vivo. Oki era más considerado de lo que había imaginado. Y también estúpido, de tan bueno que era.

—¿Y qué te dijo?

Si Park había estado de acuerdo, pensaba rechazar todas las entrevistas que me propusieran a partir de hoy. Me parecía que era mejor irme y vivir con el estigma del centro NC el resto de mi vida a encontrar padres intercambiándolos como cromos de una forma tan ridícula.

—Dijo que en realidad había pensado en emparejarlos contigo al principio —murmuró Oki—. Pero que después cambió de opinión y me los asignó. Pensó que yo sería el mejor candidato para recibir su amor.

Al escucharlo, me vino a la mente la cara de Park. En cierto modo, me sentí aliviado. Oki era un chico muy bondadoso. Estaba tan desesperado por ser querido como el resto en el centro y necesitaba unos padres que lo quisieran de forma incondicional. Esa pareja podría darle justo eso.

—También dijo que, aunque te los hubiera ofrecido a ti...

—...

—Tú le habrías recomendado que me los presentaran a mí.

No era una sensación agradable que alguien pudiera leerme como si fuese un libro abierto. Sin embargo, en ciertas situaciones me sentía agradecido por ello. Sobre todo, cuando eran considerados y, a pesar de conocerme tan bien, no lo manifestaban. La gente habla de los demás y los juzga con facilidad, pero es un error creer que lo sabes todo sobre una persona. ¿Cuánta gente puede decir que realmente conoce a alguien? La mayoría de las personas ni siquiera se conocen a sí mismas.

—¿Te dijo todo eso y todavía tienes dudas? —exclamé alborotándole el cabello.

Tenía la sensación de que nuestros días juntos en el dormitorio estaban llegando a su fin. Quizá fuese ése el sabor agridulce que decían tener los adultos al ver marcharse de casa a sus hijos.

—Me alegro por ti, por encontrar unos buenos padres adoptivos.

—Bueno, todavía no se sabe. Ni siquiera hemos hecho la primera entrevista. Tal vez yo no les agrade. Quizá se decepcionen con mi holograma o cuando nos veamos en persona.

—Vamos, no digas tonterías.

Oki no tenía ni idea de lo lindo y agradable que era. Cuando uno estaba cerca de él, se sentía como si le hubiera dado un trago a una bebida refrescante.

—Deberías empezar a pensar en qué nombre te gustaría tener.

—Lo discutiré con ellos más tarde. Quizá también tengan un nombre con el que les gustaría llamarme.

Oki soltó una risita. ¿A quién no le gustaría un chico con tan buen corazón? Una vez que se marche de aquí con sus padres sería mucho más feliz.

—Oye, Janu...

—¿Sí?

—Park parecía triste cuando hablaba de ti. ¿Todavía rechazas todos los paint? Todos están apresurados por encontrarte unos buenos padres.

Entrelacé los dedos y extendí los brazos por encima de mi cabeza estirándome. En realidad, Oki no era el único con buenas noticias.

—¿Park no te lo dijo?

Oki parpadeó con una expresión interrogante.

—Yo también voy a hacer paint.

—¿En serio? ¿Cuándo?

—Park me comentó que intentaría fijarlo lo antes posible.

—¿En serio? ¿Cómo es que no me dijiste nada? —preguntó casi gritando.

Le sonreí.

—Después de mucho tiempo, encontré gente que me agrada.

Para ser sincero, probablemente era la primera pareja con la que tenía tantas ganas de entrevistarme.

—Qué raro. Entonces, ¿por qué parecía tan triste Park? —dijo mirándome con el ceño fruncido.

Los chicos NC eran rápidos. Podían saber cómo se sentía alguien sólo con verle la cara o por su mirada. El hecho de que incluso alguien de corazón tan puro como Oki pudiera hacerlo ponía de relieve la manera en que nos condiciona el entorno. Quizá Noa era el mejor ejemplo de ello.

—¿Alguna vez lo has visto sonreír? —pregunté.

Oki sacudió la cabeza.

—¿Ves? Park siempre ha sido un tipo serio —concluí.

—Eso es verdad. Hoy le volvió a sangrar la nariz —dijo.

—¿Otra vez? —pregunté.

Cuando Oki vio mi cara de sorpresa, simplemente se encogió de hombros. Supongo que no debería estarlo, él trabajaba día y noche y su salud siempre se resentía por ello.

—Oye, Janu, ¿cuántos años crees que tendrá Park?

Me quedé pensativo. No podía saberlo con exactitud, pero, a juzgar por su apariencia, suponía que debía estar en mitad de la treintena.

—¿Tal vez treinta y cuatro o treinta y cinco? —respondí finalmente.

—¿Estará casado?

—No creo. Prácticamente vive aquí.

A excepción del médico de guardia en la enfermería y de Park, el resto de los trabajadores se marchaban a casa. Los guardianes vivían en el centro, pero los fines de semana se retiraban casi todos. Entre los pocos que se quedaban para cuidarnos siempre estaba Park. Posiblemente fuese el único director de un centro que estaba ahí incluso los fines de semana.

—Los padres de Park deben estar preocupados. Siempre está trabajando.

Yo no estaba tan seguro de eso. Ni siquiera sabíamos la edad de Park, así que aún menos sobre los miembros de su familia.

—A veces he pensado que… —comenzó Oki con cautela mientras estudiaba mi rostro— creo que Park sería un buen padre para ti.

Park era genial como guardián, pero como siempre estaba tan ocupado, creo que si tuviera un hijo sería un padre negligente.

—¿Bromeas?

Le di un golpe en la cabeza con mi puño, jugando, y Oki puso los ojos en blanco.

En cuanto terminó la clase, todos presionamos al mismo tiempo el botón para bajar nuestras pantallas. Los árboles del otro lado de la ventana oscilaban con el viento, sacudiéndose los rayos del sol. Los árboles que estaban plantados en el patio no eran hologramas, sino reales.

También lo eran los pájaros posados en las ramas, que limpiaban sus plumas. Sin embargo, el bosque más allá de los muros del centro era un simple holograma. Alguien me dio un leve golpe en el hombro mientras tenía la mirada perdida en el paisaje del otro lado de la ventana. Cuando me giré, vi a Noa sentado en la orilla de uno de los pupitres, sonriéndome.

—¿Sabes algo todavía mejor que ir a las salas de realidad virtual cuando te da la gana? Ver a las chicas. Dicen que la mayoría de las escuelas de fuera son mixtas. Este centro es frustrante, sólo hay chicos.

Desde que Noa había vuelto al centro, sólo hablaba de la vida de fuera. Si estaba tan bien, ¿por qué había regresado? Tendría que haber intentado adaptarse y quedarse.

Le lancé una mirada inquisitiva.

—Oye, ¿qué pasó con el director cuando fuiste a verlo? —me preguntó.

No había forma de que Noa supiera que yo tenía una entrevista. Los guardianes mantenían en secreto quiénes teníamos entrevistas y cuándo, aunque no servía de nada porque entre nosotros solíamos contarnos cuándo las teníamos, con quién y cómo habían resultado. Aun así, yo sólo se lo había dicho a Oki y, teniendo en cuenta su personalidad, era poco probable que se lo hubiera contado. Entonces, ¿cómo se habría enterado Noa? Aunque, ahora que lo pensaba, a lo mejor se estaba refiriendo a otra cosa.

—¿A qué te refieres?

Me quedé mirando a Noa. En este tipo de situaciones, era mejor no ser el primero en hablar. Noa se rascó la nuca con mirada de indiferencia.

—Ayer Park y Choi se pelearon y tu nombre salió en la discusión.

—¿Se pelearon?

—Bueno, más que una pelea, parece que Choi tenía mucho que decirle.

Noa imitó un pico de pájaro con sus manos abriéndolas y cerrándolas rápidamente. ¿Choi había regañado a Park? Pero, un momento, ¿cómo se había enterado Noa? Los únicos sitios a los que nos permitían ir libremente eran la escuela, los dormitorios y el auditorio. Los guardianes normalmente trabajaban en el edificio central. Por supuesto, a veces venían a vernos para sesiones de orientación o para poner orden, pero la mayor parte del tiempo estaban en el edificio central. Además, era todavía menos probable que los dos hubieran estado en nuestro dormitorio al mismo tiempo. ¿El mismísimo director del centro? ¿Los dos levantando la voz frente a Noa?

—¿Y eso cómo lo sabes?

Se rascó la sien mientras sonreía de forma extraña.

—Estaba jugando en la sala de realidad virtual y me peleé con otro chico que estaba en mi partida, con tan mala suerte que me atrapó Hwang. Me pidió que escribiera una carta de disculpa. A mano. Ah, ¿sabías que cambiaron de sitio la sala de arrepentimiento? Solía estar al lado del gimnasio, pero la cambiaron al edificio central cuando se amplió el gimnasio.

La sala de arrepentimiento era una habitación a la que nos enviaban a pensar cuando habíamos hecho algo malo. Si infringías las normas del dormitorio, causabas problemas o te peleabas, te confiscaban el multirreloj y te enviaban allí a escribir una carta de disculpa. Recordé vagamente haber leído un aviso de que iban a mudar la sala al edificio central y a ampliar el gimnasio.

Apremié a Noa con la mirada para que continuara.

—Hwang me dio el bolígrafo y el papel y se marchó rápidamente. No tenía idea de qué escribir, porque no estaba arrepentido. El caso es que de pronto escuché un ruido afuera. Luego, me enteré de que habían hecho la sala de arrepentimiento reformando una parte del despacho del director. ¿Te acuerdas de la camilla para descansar que tenía antes en un rincón del despacho? La quitaron, levantaron un muro y abrieron una puerta.

—¿En su despacho?

Noa asintió. Así que era eso. Podía imaginarme a Park sacrificando su zona de descanso para ampliar nuestro gimnasio.

—¿Y qué hiciste?

Noa me sonrió como preguntando *¿Tú qué crees?* El sistema de seguridad funcionaba mediante reconocimiento de voz de los guardianes. Sus voces eran la única llave. Pero también había controles remotos para cuando surgía algún problema técnico. Mientras escribía su carta, Noa vio que había uno de esos controles en la sala. De hecho, estaba en una esquina de la mesa, sin más. Lo tomó y presionó el botón para hacer que la puerta se volviera de cristal transparente. Pudo ver el despacho del otro lado, pero Park y Choi no podían saber que los estaban observando. Noa tragó saliva preparado para pulsar de nuevo el botón en cuanto fuera necesario.

—Para ser alguien de principios, ¿cómo pudiste enseñarle a Janu 301 ese holograma sin consultarlo con nadie? ¿Cómo pudiste ofrecerle una entrevista con unos padres preadoptivos que no cumplen con lo más básico?

—Por favor, baja la voz.

—¿Cuánto tiempo vas a estar usando a Janu como cordero de sacrificio? ¿Es que no piensas en cómo le afecta todo esto a él? No le queda mucho tiempo y esa entrevista ridícula sólo lo llevará a cerrarse más. ¿En verdad estás tan preocupado por los resultados del centro? ¿Estás tan desesperado por el rendimiento como para arrojarlo a una entrevista así?

A diferencia de Choi, que levantó la voz por la tensión, Park mantuvo su calma habitual.

—Es lo que él pidió —explicó él.

—Pensaba que Janu te preocupaba más que ningún otro. Supongo que estaba equivocada.

Park le lanzó una mirada fría.

—Janu es un chico listo —dijo.

—Sólo porque no lo muestre no significa que no sufra. ¿Entiendes a qué me refiero?

—...

—El director de un centro debería saberlo mejor que nadie.

Park se desplomó en su silla mientras observaba a Choi girarse y salir del despacho con un portazo.

—Eh, ¿me estás escuchando? ¿A quién demonios te presentó Park?

La voz de Noa resonó en mis oídos y volví a la realidad. Me di cuenta de que mi decisión había puesto a Park en una situación difícil. Si yo fuera él, me habría resultado desagradable que Choi o cualquier otra persona hubiera malinterpretado mi decisión como director.

—No es para tanto.

Noa ladeó la cabeza con incredulidad.

—¿Sabes qué pienso? Creo que a Choi no le agrada Park. Siempre se porta muy bien con nosotros y es fría sólo con Park. ¿Te acuerdas de lo que pasó en el comedor la otra vez?

Ese día, algunos chicos y yo estábamos comiendo al lado de la mesa de los guardianes. Park estaba frente a Choi. Cuando dejó la cuchara, ella miró el contenido de su bandeja a medio comer con desaprobación. Park tenía la mirada puesta en unos chicos con problemas de nutrición que estaban jugando con la comida.

—Creo que deberíamos repasar el menú de los niños que tienen un peso y una estatura por debajo de la media. Parece que no les gusta la comida. Los resultados académicos y las entrevistas con los padres son importantes, pero nuestra prioridad debería ser la salud. Los niños del centro se enferman con facilidad cuando salen y entran en ambientes contaminados. Además, estamos en pleno cambio de estación. Por favor, presten especial atención a su salud.

Choi soltó una carcajada a diferencia del resto de los guardianes que asintieron. Cuando Park le preguntó de qué se reía, ella señaló su bandeja.

—Creo que eres el menos indicado para hablar.

Choi empujó la silla hacia atrás con un chirrido, se levantó y se marchó del comedor. Park se quedó ahí sentado confundido durante un rato, mirando la espalda de Choi mientras ella se alejaba.

—Eh, pero seguro que ese día Park también le dijo algo a Choi, ¿no crees? Aunque no lo sepamos, es el director y debió guardársela. Por más que Park sea muy tranquilo, al final siempre hay una gota que colma el vaso.

Aunque Park podía parecer quisquilloso su actitud también podría interpretarse como preocupación, según se viera. Choi era generosa con nosotros porque somos menores que necesitan protección, y ése es precisamente su papel como guardiana. Pero Park no era simplemente su colega, sino su superior. Sin embargo, por más que Park fuera el director, Choi no era el tipo de persona que se quedaba sentada sin decir nada.

—¿Por qué siempre te estás peleando con alguien en la sala de realidad virtual?

Yo también había peleado con él una vez mientras jugábamos. Era de los que perdían el control en los juegos.

—Ese imbécil no tiene ni idea. Si yo iba delante, él tendría que haberme cubierto las espaldas. Creo que ni siquiera se dio cuenta de que estaba ayudándole a subir de nivel.

Noa me miró confundido mientras yo sonreía.

—Bueno, pero ¿quién invitó a quién?

—Fui yo el que lo invité. ¿Por qué?

—Entonces, supongo que le diste pie.

En cuanto dije eso, frunció el ceño.

—¿De qué estás hablando?

—Nada, déjalo...

Noa se incorporó con cara de no querer hablar más del tema. El timbre sonó, anunciando el final del descanso. Los chicos que habían estado encorvados sobre sus pupitres fueron enderezándose uno por uno. Pulsé el botón para activar mi pantalla. Abrí la aplicación del centro NC y toqué "Solicitud de orientación". Seleccioné a Choi en la lista de guardianes e introduje la hora que quería. Un mensaje apareció en mi multirreloj:

Cita confirmada.

4. NÚMERO DE IDENTIDAD

El robot ayudante puso dos tazas de café sobre la mesa. Choi empujó su silla para acercarla a la mesa. El sol se estaba poniendo y al otro lado de la puerta se podía escuchar a los robots limpiando el pasillo. Había oído que los robots domésticos eran muy silenciosos, pero los del NC eran grandes y toscos, así que sus motores hacían mucho ruido. Choi levantó su taza en silencio y me miró de reojo. El fuerte aroma a café impregnó la pequeña sala de orientación.

—Tenía pensado llamarte si no hubieras venido —dijo con una sonrisa, mientras dejaba la taza sobre la mesa.

Me quedé mirando la mesa blanca redonda sin decir nada. Yo había pedido la cita, pero no estaba seguro de qué decir ni por dónde empezar. Quería explicarle que Park no tenía la culpa, pero no me salían las palabras. Los dos debían pensar que nadie en el centro se había enterado de su discusión. Me preguntaba si en verdad Choi creía que Park me había obligado a entrevistarme con esos padres preadoptivos porque estaba desesperado por mejorar el rendimiento del centro. Tenía la esperanza de que no hubiese malinterpretado sus intenciones. Tampoco es que él tuviera muchas opciones. Por más que fuese el director, lo presionaban constantemente desde la central. Que alguien con su personalidad hubiese apretado los puños delante de mí mostrando sus emociones demostraba lo culpable que se sentía. Pero no tenía por qué sentirse así, yo sabía bien que quería lo mejor para mí...

—¿Has oído que pronto tendré una entrevista? —pregunté.

Choi asintió y bajó la mirada a su taza.

—¿Sabes por qué la gente no quiere tener hijos?

Mi pregunta pareció sorprender a Choi y permaneció inexpresiva.

Le di un trago al amargo café y sentí el líquido caliente descender a mi estómago. Era una pregunta difícil de responder, pero no imposible.

—Hace mucho, cuando los bueyes araban los campos y los seres humanos recogían las cosechas con sus propias manos, la gente tenía un montón de hijos. Todos querían una gran familia, ¿sabes por qué? —continué.

Choi escuchó pacientemente, como si ya anticipase hacia dónde iba con aquello.

—Porque en aquella época los niños eran fuerza de trabajo. La posibilidad de elegir una ocupación era muy limitada. En resumen, eran tiempos en los que se necesitaban muchas manos, al igual que ahora tenemos robots ayudantes. Las chicas ayudaban a sus madres a cuidar de los hermanos menores y hacer las tareas del hogar, y los chicos salían a los campos, bosques y llanuras a hacer su parte del trabajo. Cuántos más miembros hubiera en la familia, más tierra se podía cultivar. Así que necesitaban tantos hijos como fuera posible para aumentar la producción y ganar dinero.

"Sin embargo, en algún momento las cosas cambiaron en el mundo. La gente empezó a ir a las escuelas a educarse y podía ganar dinero con sus conocimientos. A partir de ese momento, empezaron a tener sólo uno o dos hijos para poder criarlos lo mejor posible. En el pasado, no podían permitirse invertir recursos en cada hijo porque tenían muchos, pero a medida que el número fue decreciendo, la cantidad de recursos que se podía dedicar a ellos aumentó.

"De esa forma se llegó a la etapa en la que el gobierno tuvo que promover la natalidad. A veces pienso que uno no puede ignorar sus genes... Imagino que mis padres biológicos deben tener una personalidad parecida a la mía. Después de tenerme, seguramente pensaron mucho en el impacto que tendría en sus vidas. Al final, debieron decidir que no me necesitaban. Por supuesto, esto es una suposición mía. Es posible que ni siquiera haya habido la confianza suficiente entre los dos para sentarse a hablarlo. Seguramente se habrán olvidado de que existo. Está claro que he heredado su personalidad espinosa. De todas formas, de haber crecido con ellos... no creo que hubiese tenido una vida cómoda.

Al terminar de decir todo eso me sentí tan aliviado que, sin darme cuenta, solté una risita. Está claro que vivir con un erizo como yo, sin el encanto de otros chicos, tampoco hubiera sido muy divertido para ellos.

Choi se quedó en silencio rumiando lo que había dicho. Sus ojos parecían preguntarme de qué quería hablar con ella.

—Los niños son seres que nacen de las necesidades de sus padres —dije.

—…

—Los padres preadoptivos nos buscan justo por lo mismo.

—Pero, Janu, los padres no sólo tienen hijos por necesidad…

—¿Me vas a hablar de amor? —la interrumpí.

Levanté la cabeza y miré a Choi a los ojos.

—Dame un ejemplo, ¿qué tipo de amor? —pregunté.

Choi tragó saliva.

—Del que tienen los que dan y cuidan de los demás desde lo más profundo de sus corazones —dijo.

—Eso no me parece amor, creo que pretender estar para otro es opresión disfrazada de amor —argüí.

Por supuesto, tampoco podía definirlo con exactitud, porque no lo había experimentado.

En los centros NC había reglas estrictas y mientras no las rompiésemos, no causáramos daños y no fuéramos violentos, los guardianes nos daban libertad para hacer lo que quisiéramos.

—¿No sería mejor si la gente admitiera que lo que hacen es por ellos y no por otras personas? —pregunté.

Choi me escuchó pacientemente sin decir nada.

—Si me preguntaras qué tipo de padres escogería, te diría que unos que sean honestos sobre sus sentimientos —continué—. No me gustan los que adornan las cosas en un paquete bonito. Ésa es la razón por la que quería hacer esta entrevista. Podrían ser idóneos para mí, ¿no crees?

—El director está muy preocupado por ti.

Quise decirle "y tú estás muy preocupada por Park", pero me quedé callado. A lo mejor estaba hablando tanto porque me remordía la conciencia.

—Pero también confía mucho en ti —añadió Choi.

—...

—Y creo que ahora entiendo el motivo.

Cuando salí de la sala, un robot ayudante pasaba por el pasillo. Me pregunté cuántos habría en todo el centro. Seguramente la gente que vivía fuera también se preguntaba cuántos de nosotros había. ¿Pensarían en nosotros como si fuésemos robots? A lo mejor era una pregunta absurda. Había muchos tipos de robots ayudantes con distintas funciones. A la gente le costaba encontrar el más adecuado para ellos de la misma forma que a nosotros dar con los padres perfectos. Pero... ¿acaso existía la perfección?

Cuando me bajé de mi cinta transportadora, me encontré a Park de pie en el pasillo. Era la primera vez que venía a verme. Normalmente me esperaba en la sala de entrevistas con los padres preadoptivos. ¿Qué haría ahí parado? Me acerqué.

—Janu 301.

En vez de responder, asentí.

—Escucha bien lo que te voy a decir.

Tragué saliva mientras observaba a Park, que parecía más tenso de lo habitual.

—¿En qué siempre pongo énfasis en las entrevistas?

—Que seamos educados con los padres preadoptivos.

Los guardianes siempre nos pedían cortesía y consideración en las entrevistas. Aunque no nos gustaran unos preadoptivos o nos decepcionasen, la primera regla era no mostrarlo. Había que responder con cuidado y las respuestas cortantes estaban prohibidas. Por otro lado, tampoco se permitía hablar demasiado sobre cosas que no nos habían preguntado. Y, aunque nos agradaran, era necesario consultar con un guardián antes de fijar la siguiente cita. También estaba prohibido organizar una entrevista a solas con ellos.

Mientras repasaba mentalmente todas esas reglas, Park dejó escapar un profundo suspiro.

—Janu...

Miré los ojos marrones de Park.

—Hoy no hace falta ser educado —concluyó.

—...

—Si a la mitad de la entrevista no quieres seguir, puedes marcharte. No necesitas responder preguntas si no quieres. Yo me hago cargo. ¿Entiendes a qué me refiero?

Los guardianes siempre decían que teníamos que ser buenos para encontrar buenos padres. Le daban prioridad a la amabilidad y la honestidad por encima de las buenas calificaciones, y prestaban especial atención a la insolencia y la violencia. Nunca dejaban pasar que un niño hiciera daño a otro. También nos decían que no fuéramos egoístas. Para lograr formar una familia con otros, debíamos cultivar un carácter considerado y comprensivo. Debido a ello, los NC nunca mostrábamos nuestro desagrado abiertamente frente a los padres preadoptivos que solicitaban una entrevista. Ocultábamos nuestras emociones asumiendo una expresión neutral. Del mismo modo que ellos nos sonreían en exceso, nosotros nos mostrábamos amables y amigables. Sin embargo, al final de la entrevista nos pedían una evaluación sincera. Si mostrábamos decepción, era tarea de los guardianes transmitirles de forma educada nuestro rechazo. Si me marchaba de pronto de la entrevista hoy y rompía las reglas incomodando a los padres preadoptivos, lo sabrían de inmediato en la sede central, porque las entrevistas eran grabadas en directo. Así que, si la central no estaba de acuerdo, reprenderían al director Park por mi falta de educación.

—Contéstame, Janu.

—Entiendo.

Park asintió y me dio un apretón en el hombro con su mano pálida y fina.

Choi fue la primera persona que vi cuando abrí la puerta. Nunca había estado en una entrevista con dos

guardianes. Mi mirada se desplazó hasta la pareja que
había visto en el holograma.

—Hola.

Los saludé inclinando la cabeza y ellos respondieron
con un leve gesto.

—Ho-hola.

El hombre sonreía de forma extraña, tenía el cabello
enmarañado y llevaba puestos unos jeans rotos. Sus tenis
estaban gastados y sucios, y desprendía un olor punzante
a acuarelas. A su lado, la mujer parecía que acababa de
salir de casa a toda prisa, y tenía el mismo aspecto informal que en el holograma. Iba sin maquillar, tenía el
cabello recogido en una cola de caballo y llevaba puesta
una camiseta suelta, unos shorts y tenis. Era estimulante
entrevistarme con espíritus tan libres después de haber
tenido entrevistas sólo con gente que usaba trajes forma-
les. Me vino a la mente lo que había dicho Park, que no
necesitaba ser educado si ellos no lo eran conmigo, pero
no creía que tuvieran intención de ser irrespetuosos.

—Soy Seo Hana y él es Lee Haeoreum —dijo la mujer.

—Yo soy Janu 301.

Los dos intercambiaron miradas. Cuando volvieron
a mirarme, me preguntaron qué significaba mi nombre.
¿Es que no sabían nada sobre los NC? En ese momento,
sentí la mirada fría de Park posada en mi sien y me giré
hacia él.

Su mirada parecía indicarme que no necesitaba responder, me volví hacia la pareja y les sonreí.

—Quiere decir que nací en enero. Janu es el nombre que nos dan a los chicos que nacimos ese mes, y a las chicas las llaman Jeny. El número es simplemente mi número.

—¿Es como el número de nuestra identificación? —preguntó el hombre como hablando para sí.

—Eso parece —respondió ella.

La gente siempre nos miraba con lástima como diciendo "así que sus nombres son números". Esta pareja era la primera que parecía darse cuenta de que también tenía un número asociado en sus identificaciones.

La mujer miró a Choi como sin saber qué debía hacer a continuación.

—Tomen asiento, por favor.

Cuando Choi dijo eso, los dos se dejaron caer en las sillas. Yo también saqué una y Choi se acercó para sentarse junto a mí. Era la primera vez que la persona que tenía al lado no era Park. Seguía parado con determinación en un rincón de la sala, con la mirada fija en la pareja. Imaginé por qué había hecho que Choi se sentara a mi lado.

"Si a la mitad de la entrevista no quieres seguir, puedes marcharte".

Park nunca perdía los nervios sin importar la situación. Pero, a veces, un juicio rápido era más útil que la compostura. Si éste era uno de esos casos, Choi, que daba su opinión y era más flexible, era una mejor candidata para gestionar la entrevista.

—¿Les gustaría un té?

El hombre miró a su esposa por un instante. Decidieron tomar un jugo y un refresco, pero no me preguntaron qué quería beber. Choi los miró como si fuese a lanzar un suspiro. Un robot ayudante entró y colocó sobre la mesa un jugo, un refresco, un café y agua con hielos. El agua era para Choi.

—Ese robot es genial. Y gigante —dijo el hombre.

—¿Cuánto costará uno de ésos? Apuesto a que son caros —añadió ella.

Siguieron hablando de robots incluso un rato después de que se hubiera marchado. Era como si no me pudieran ver sentado frente a ellos. Choi se aclaró la garganta para que dejaran de hablar. La mujer dibujó una expresión que parecía decir "Ah, sí".

—Perdón. Entonces, ¿de qué hablamos ahora?

Las comisuras de los labios de Choi, que dibujaban una sonrisa forzada, temblaron con un breve espasmo.

"¿Es que esta gente no tiene idea de cómo funcionan las entrevistas? ¿No se informaron? ¡Tienen que explicarle quiénes son!".

Choi les dedicó una mirada glacial antes de forzar otra sonrisa.

—Deberían presentarse brevemente y explicar por qué han venido al centro NC.

Volvieron a mirarse el uno al otro. De verdad habían venido sin preparar nada. A estas alturas, entendí por qué Park se había sentido culpable y por qué Choi se había enfadado tanto con él.

—Yo solía trabajar en una editorial. Y Haeoreum era diseñador gráfico. En estos días en los que todos tenemos un multirreloj al alcance de la mano, todavía quedan algunas personas que leen libros. Algunos incluso los guardan como valiosas piezas de arte. Trabajábamos para ese tipo de gente.

—Si tan sólo hubiera hecho esa serie artística en aquel momento, pero tú estuviste en contra hasta el final —dijo el hombre arrepentido, mordiéndose ligeramente el labio.

—No quería seguir las modas —contestó la mujer mirándolo de reojo.

—¿Y quién habla de seguir modas? Podría haber sido algo totalmente nuestro...

—Odio cuando la gente llega pululando como moscas a lo nuevo.

—Si la gente lo sigue será porque les gusta, ¿no crees?

Choi se aclaró de nuevo la garganta para detener la discusión de pareja. Me dio la impresión de que Choi iba a tener que toser muchas veces. La mujer palmeó el hombro de su marido con cara de haber caído en la cuenta.

—El caso es que los dos dejamos nuestros trabajos hace un año.

—¿Por qué? —pregunté.

El hombre se rascó la cabeza, avergonzado.

—Ella quería escribir un libro y yo dedicarme a pintar mis cuadros.

—Fue imprudente dejarlo los dos.

—No tenía idea de que mi padre se pondría tan furioso.

—Entonces, ¿por qué vinieron al centro NC? —pregunté.

Se escuchó un crujido del hielo en el vaso de Choi. La pregunta pareció tomar por sorpresa a la mujer y el hombre no pudo ocultar su expresión de desconcierto.

—Escuchamos que si adoptábamos a un NC... —comenzó el hombre.

—La primera entrevista es sólo para saludar. Por lo general, consiste en verse las caras y poco más. Creo que es suficiente por hoy. Tendrán oportunidad de responder a la pregunta de Janu la próxima vez, tras pensarlo un poco más.

Choi dio una entonación especialmente fuerte a esas últimas palabras y se incorporó.

—Vinimos sin prepararnos en absoluto, ¿verdad? —dijo ella—. Enviamos la documentación y el holograma a toda prisa, así que no teníamos grandes expectativas. Mientras los preparábamos, no paraba de pensar en mi madre... no pude dormir en toda la noche imaginando cómo me sentiría si yo hubiera entrevistado a mi madre, ¿tú también te sentiste así, cariño?

—Con mi madre no habría problema; en cambio, mi padre... —reflexionó el hombre.

—De todas formas, encantada de conocerte, Janu 301.

La mujer no me extendió su mano. No creo que fuera porque hubiera recordado que el contacto físico no estaba permitido en el primer encuentro. Puede que simplemente tuviera miedo de hacerme sentir incómodo.

—Yo también estoy encantado de conocerte, Janu. No creo que este lugar sea tan raro como la gente cree. Es mucho más agradable de lo que pensaba.

—Adiós.

En cuanto dije eso, la puerta de atrás se abrió y un robot ayudante entró para acompañar a la pareja afuera. En cuanto la puerta volvió a cerrarse, Choi se bebió a grandes tragos lo que quedaba del agua con hielo sobre la mesa.

—Con esos dos lunáticos no vamos a...

Choi se mordió el labio. Park también tenía una expresión seria.

—Buen trabajo —dijo.

—¿Cuándo será la próxima entrevista? —pregunté.

No me parecía una pregunta tan sorprendente, pero Park y Choi se quedaron petrificados.

—¿No van a preguntar qué calificación les doy?

No dijeron nada.

—Ochenta y cinco puntos.

—Janu. No estoy de humor para bromas —dijo Park.

—¿Alguna vez he bromeado con esto?

—Janu... —interrumpió Choi.

—Por favor, programen la próxima entrevista. Muchas gracias.

Después de despedirme, abandoné la estancia. Me subí lo más rápido posible a mi cinta transportadora, intentando ignorar la voz de Choi, que me llamaba a mis espaldas. De repente, pensé en que me gustaría dar un paseo con esa pareja sin los guardianes. ¿Qué pensarían si lo pedía? Por alguna razón, no podía dejar de sonreír.

Estaba jugando a un juego en mi multirreloj cuando sonó el timbre de mi puerta.

—¿Quién será? —preguntó Oki.

—Seguridad.

A mi orden, la puerta se volvió transparente.

—¡Oh, es el director! —dijo Oki.

—Abrir —ordené.

En cuanto se abrió la puerta, Park entró con una leve sonrisa. A veces los guardianes venían al dormitorio de forma inesperada. Lo hacían para resolver algún problema o hablar con nosotros, pero era raro que un guardián nos visitara a esas horas de la noche. Apagué mi multirreloj y me incorporé en la cama. Park se acercó a Oki, que lo saludó con una reverencia.

—Oki 505, tu primera entrevista ha sido programada para la próxima semana. Mañana te diré la hora exacta.

Oki parpadeó emocionado.

—Ay, ¡qué nervioso estoy! —dijo.

—Cómo vas a estar nervioso —exclamé yo.

—Yo sabré si estoy nervioso, ¿no?

Park acarició el cabello de Oki mientras gruñía.

—No tienes nada de que preocuparte. Son buenas personas. Puedes estar tranquilo —le dijo.

Encontrar padres en el primer intento era como ver a Park sonreír: difícil, pero no imposible. También es un ser humano y en algún momento ríe. Así que podíamos mantener la esperanza de que los primeros preadoptivos de Oki se convirtieran en sus padres.

—¿Viniste sólo para decirme eso? —preguntó Oki farfullando las últimas palabras, mientras estudiaba el rostro de Park.

—También vine a ver cómo están.

Park echó un vistazo a la estrecha habitación. Sólo tenía las dos camas, dos escritorios y dos armarios. Otros chicos pegaban fotos de sus famosos favoritos, pero a nosotros no nos interesaban esas cosas. Los robots ayudantes limpiaban y lavaban nuestra ropa. La habitación estaba tan limpia que presentaba un aspecto aséptico e insulso. La mirada de Park se posó sobre el libro que descansaba sobre la mesa.

—¿Qué libro es ése? —preguntó.

Se acercó a mi escritorio y lo agarró. Lo había sacado hacía unos días de la biblioteca. La mayoría leía libros electrónicos, pero a mí también me gustaba tomar prestados los de papel. Me agradaba el olor de los libros viejos. Y disfrutaba pasando las páginas, el rasguido que emitían y ese olor único que sólo tenía el papel. No importa cuánto avance la tecnología, creo que los libros de papel jamás desaparecerán por completo.

—Es una novela, *Aaron el Conquistador*.

Park la observó con curiosidad.

—Habla de un simio que se llama Aaron. Mata al macho alfa de su manada y se convierte en rey. Cuando asciende al trono, lo primero que hace es matar a los descendientes del macho alfa anterior, pero se asusta porque algunos logran escapar. Tiene miedo de que vuelvan para atacarlo cuando hayan crecido. ¿Imaginas lo que ocurre después?

Park se encogió de hombros.

—Unos años después, Duncan, uno de los simios que había escapado, regresa para asesinar a Aaron de la misma forma en que él mató a su padre. Y después, justo al igual que Aaron, se deshace de todos los descendientes del macho alfa anterior.

En ese punto, dejé escapar una risa amarga.

—Pero, por supuesto, uno de los simios sobrevive y escapa. Uno pequeño y débil que se llama Edgar.

Park asintió.

—Aunque Duncan se convierte en rey tiene que vivir el resto de su vida con miedo constante a ese débil simio.

Park no dijo nada.

—No importa lo fuerte que sea, incluso aunque haya derrotado al antiguo rey y a sus descendientes pisoteando a los más débiles, la victoria es algo que nunca dura para siempre. Nunca sabrá cuándo podría regresar Edgar a desgarrarle la garganta a mordiscos.

Park se quedó callado un momento. Estaba observándome en silencio, pero se sentía como si estuviera mirando más allá, perdido en algún recuerdo del pasado. Si no lo hubiera llamado, quizá se habría quedado ahí para siempre, como una figura de cera.

—Guardi.

Al oír mi voz, Park dio un respingo como si acabara de despertar de una siesta.

—Parece un libro interesante.

Sus ojos se veían vacíos. Una atmósfera de ensueño pareció envolvernos mientras seguíamos parados el uno frente al otro.

En ese momento, el multirreloj de Oki sonó fuerte y volví en mí.

—Jun dice que quiere verme un momento —dijo.

Oki parecía haberse dado cuenta de que el ambiente se había enrarecido. Era un chico muy empático y sabía que Park había venido para decirme algo.

—¿Puedo salir un momento?

Park asintió y Oki se marchó. Ahora estábamos a solas. Hablé primero, pensando que lo mejor sería ir al grano.

—Ahora puedes hablar.

Park, que había estado mirando el libro, se giró hacia mí.

—Imaginas por qué estoy aquí, ¿cierto?

Por supuesto. Lo había sabido desde que lo vi parado frente a nuestra puerta.

—Esa gente no está preparada —continuó.

Hablaba en voz baja y pausada como siempre, pero podía sentir que estaba muy arrepentido. Di un paso hacia él.

—Entonces, ¿los demás que visitan el centro están mejor preparados? —pregunté.

Quería saber a qué se refería con "preparados". ¿Qué significaba ser padre? ¿Preparados para acoger a un niño? ¿Esa preparación los convertía en buenos padres? Obviamente, sabía a grandes rasgos qué era lo que le preocupaba a Park. Vivir con una nueva familia es mucho más difícil de lo que la gente imagina.

—¿Deberían haberse informado sobre cómo crecemos en los centros NC, los documentos necesarios y cómo preparar un holograma? ¿Sobre cómo obtener una buena puntuación en cada fase del proceso, cuáles son las reglas de visita y cómo gestionar la preeducación?

Ni siquiera yo estaba familiarizado con todo lo que acababa de mencionar. Sólo los guardianes conocían de forma exacta los criterios que debían reunir las personas que nos visitaban.

Sabía que no debían tener antecedentes penales, que necesitaban una dirección y pasar una serie de pruebas psicotécnicas del centro, pero estaba seguro de que había mucho más.

—No es que los padres preadoptivos vayan a leer un libro sobre el asunto y después puedan decir: "Bien, ya estoy preparado para tener hijos" —dije.

—...

—Nadie puede estar totalmente preparado para ser padre de antemano.

—...

—Porque la relación entre padres e hijos es algo que se construye.

Me acordé de la conversación que había tenido con Oki. Creo que me había influido sin darme cuenta.

—Precisamente, nuestro trabajo es ayudar a que esa relación se desarrolle lo mejor posible —dijo Park.

Por supuesto, tenía razones para preocuparse. Los padres preadoptivos que acababa de conocer no tenían idea del centro NC hasta el punto de que me resultaba difícil entender que les hubieran permitido visitarlo. Puede que unos padres que hubieran leído un libro sobre paternidad sí fueran mejores que unos que no habían leído ninguno. Como mínimo, significaba que estaban interesados y demostraba que intentaban ser buenos padres, pero a veces esas preparaciones podían tener efectos negativos. Algunos padres querían moldear a sus hijos según sus planes, sin tener en cuenta cómo eran.

—Park, ya no somos niños. Sabes bien que si nos permiten elegir a nuestros padres a partir de los trece es por algo —dije.

—...

—Quiere decir que tenemos la edad suficiente para decidir qué es bueno para nosotros. ¿No es eso para lo que nos han educado hasta ahora?

A veces, había gente que era demasiado débil o emocionalmente inestable para ser padres. Podían mentir y tomar malas decisiones, justo como los anteriores padres de Noa. También había otras veces en las que nosotros teníamos que guiarlos y colaborar con ellos. Sabía todo esto porque los guardianes nos lo habían enseñado.

—No quiero gente con trajes recién planchados y una presentación ensayada. Quiero unos padres que se sorprendan y me hablen con naturalidad.

No sabía nada de la pareja joven con la que me había entrevistado ese día. Después de todo, sólo habíamos hablado durante cinco minutos. Sin embargo, tenía una sensación extraña cuando estaba con ellos. Era una sensación agradable, algo me decía que podrían entenderme bien.

—¿No te pasa que a veces te agrada alguien sin una razón concreta?

Park no respondió.

—La libertad para elegir padres recae completamente en nosotros ¿cierto?

—Cierto.

—Entonces, programa la entrevista, por favor.

Tras pensar un instante, Park asintió débilmente.

—Si es lo que quieres, respetaré tu decisión. Es tarde, deberías irte a la cama.

—Guardi.

Park se giró y me miró.

—¿Por qué tienes esa cara tan larga? No será sólo por mí, ¿o sí?

No era sólo cansancio. Park siempre tenía un brillo en la mirada, incluso cuando estaba exhausto, pero ahora sus ojos se veían apagados y su rostro, macilento.

—Janu, ¿qué harías si estuvieras en el lugar de Edgar? ¿Seguirías los pasos de Duncan atacándolo y convirtiéndote en el líder?

Al escuchar la pregunta de Park, de pronto recordé por qué el autor de la novela le había puesto Edgar al simio que había sobrevivido.

—Edgar significa "el que trae la felicidad" o algo así. Si Edgar fuera listo, no permitiría que su sed de venganza le hiciera pasar el resto de su vida con miedo, como Aaron o Duncan. La felicidad de Edgar está literalmente en sus manos.

Una sonrisa se dibujó en la comisura de los labios de Park. En ese momento, escuchamos la voz de Oki llenar el pasillo. Parecía emocionado por su primera entrevista. Me lo imaginé pescando en el río con su padre.

5. ¿TODOS LOS ADULTOS ACTÚAN COMO TAL?

Cuando Oki volvió de su entrevista, tenía una expresión sombría. Abrió la puerta, se sentó en una esquina de su cama y resopló inflando ambas mejillas. Intuí que había pasado algo malo y se me hacía difícil preguntar. No era fácil encontrar padres en la primera entrevista, pero eran buenas personas y parecía que encajarían bien con él. ¿Habrían mentido? No, no podía ser. El centro era meticuloso verificando las identidades. ¿Estaría decepcionado porque la diferencia de edad era más grande de lo que esperaba? ¿Serían menos amables de lo esperado? Mantuve la mirada en mi libro, pero no paraba de pensar en Oki.

—Park se pasó de la raya —murmuró en un tono taciturno.

¿Le habría dado Park una entrevista con gente rara por error a Oki? Eso sería grave. Las primeras impresiones de nuestros futuros padres eran muy importantes para nosotros. Además, con sus catorce años, Oki era parte de la segunda generación entre los más jóvenes del centro. A su edad, era más sensible y era fácil que lo hirieran. Debido a eso, sólo hacían entrevistas después de que los padres se hubieran reunido muchas veces con los guardianes. Estaba seguro de que Park había sido especialmente meticuloso en los preparativos para una entrevista con alguien tan sensible y delicado como Oki. Por lo general, volvíamos con una sonrisa de las entrevistas, sin importar cómo hubieran estado. No pude seguir esperando, cerré el libro y le pregunté:

—¿Qué pasó?

—¿Cómo pudo...?

Me costaba creer que Park hubiera cometido un error, pero como dice el refrán, hasta un simio se puede caer de un árbol. Salí de la cama y me acerqué a Oki.

—Imagino que cometió un error. Aunque estés decepcionado, tienes que entenderlo. Últimamente ha recibido mucha presión de la central. He oído que les dieron órdenes de proceder con las entrevistas mientras los documentos estén en regla, aunque los guardianes hayan rechazado a los candidatos en una entrevista previa.

Gracias a eso yo había podido conocer a una pareja tan única como Hana y Haeoreum. Si las cosas hubieran sido como antes, los guardianes los habrían rechazado directamente. Le di una palmada en el hombro a Oki.

—Olvídalo. Ya sabes que es difícil encontrar unos buenos padres en la primera entrevista. Sólo déjalos ir.

—¿Qué quieres decir? —preguntó Oki con los ojos muy abiertos por la sorpresa.

—¿Eh? Quiero decir que te animes y que no le eches demasiado la culpa a Park. Ya sabes que trabaja día y noche para encontrarnos a los mejores pa...

—Pero realmente me gustan —interrumpió Oki—. Son todavía más amables y simpáticos de lo que había esperado.

Esta vez, era yo quien estaba sorprendido.

—La mujer dijo que ya me había comprado ropa. Cuando les conté que me gustaba el *windboard*, el hombre dijo que él también aprendería y querían regalarme ropa nueva e invitarme a comer. Se veían muy tristes de tener que venir con las manos vacías porque los regalos están prohibidos. La entrevista fue corta. Me hubiera gustado charlar más.

De pronto, sentí como si las piezas del rompecabezas que había formado en mi mente se desordenaran. No tenía idea de qué estaba pasando. Justo hace un momento actuaba como si hubiera tenido la peor entrevista posible y ahora sus ojos estaban llenos de ilusión. *¿Qué le pasa a éste?*

—Entonces, ¿te agradan o no?

—¿Sabes qué es lo raro? Dijeron que mi cara les recordaba a los mejores rasgos de las de ellos dos. Tengo los ojos redondos de ella y los labios gruesos de él. Debe ser cosa del destino, ¿no crees?

Me apoyé en mi pierna derecha, crucé los brazos y me mordí el labio inferior. Debería alegrarme de que Oki hubiera tenido una buena primera entrevista, pero no podía sonreír.

—Oki 505.

—¿Qué pasa? —preguntó con una sonrisa tímida.

—Si las cosas salieron tan bien, ¿por qué llegaste con esa cara hace un momento? Dijiste que Park se había pasado de la raya. Pensé que había hecho que te entrevistaras con las personas equivocadas.

—Ah, ¡es que es muy malo!

—¿De qué estás hablando?

—Sólo le pedí cinco minutos más para seguir hablando, pero fue muy cortante. Y no sólo eso, ellos pidieron estrechar mi mano, pero como el contacto físico está prohibido, tampoco lo permitió. Ni siquiera iba a ser un abrazo ni nada así. ¿Cómo puede ser tan estricto?

No pude evitar soltar una carcajada y pensar: *¡Este tonto!*

—Es justo gracias a su personalidad que es capaz de encontrarnos los mejores padres.

Le di un golpecito con un dedo en la frente a Oki, que sonó por toda la estrecha habitación.

—Janu, ¡te voy a denunciar por conducta violenta!

—Hazlo.

—¿No vas a preguntarme si solicité una segunda entrevista?

—Te preguntaré cuando dejes de sonreír de oreja a oreja. ¿Y qué dijo Park?

Sonriente, Oki se rascó la cabeza como si tuviera vergüenza:

—Hay posibilidades de que el próximo año no pueda ir contigo de excursión al mar, Janu.

Oki estaba imitando la forma de hablar de Park. Era posible que estuviese de viaje con su nueva familia cuando nosotros hiciéramos nuestra próxima excursión anual.

—¿Sabes? Park es... ¿Cómo decirlo?... Ropa nueva que nadie se ha puesto —dijo.

—¿Ropa nueva? —repetí.

Oki asintió.

—Es como un traje impecable. Una persona sin arrugas ni una mota de polvo. ¿Te acuerdas cuando en la excursión del año pasado los demás guardianes se metieron al agua y jugaron con nosotros mientras Park se quedaba mirando desde lejos? Hasta Choi nadó y jugó con la pelota de playa.

Los centros NC nos llevaban de viaje dos veces al año, en verano y en otoño. La gente de fuera debía pensar que éramos estudiantes de alguna escuela en una excursión. Todos nos divertíamos pasando la noche sin dormir y bromeando. Sin embargo, incluso en un ambiente así, Park se quedaba aparte, organizando papeles o leyendo un libro en silencio. Por eso no me sorprendió lo que dijo Oki de que le recordaba a un traje nuevo e impoluto.

—Hey, Park también es humano.

Alboroté el cabello de Oki con la mano y, mientras lo hacía, pude ver la cara sombría de Park como una ilusión o una imagen residual... Sí, Park también era humano. Una persona como nosotros, que se preocupaba y esforzaba hasta por los detalles más pequeños.

No recuerdo cuándo fue la última vez que hice una segunda paint. Había pasado tanto tiempo sin hacer una segunda entrevista con nadie que me sentí como si estuviera sacando un juguete de mi infancia, pero sin esa sensación de ternura.

Cuando abrí la puerta de la sala de entrevistas, Choi estaba plantada en el centro. La segunda entrevista era más importante que la primera. Como ya nos habíamos presentado, era normal que se hablara de temas más profundos. Los guardi observaban con atención, detectando errores y hábitos triviales que se le pudieran escapar al chico. A veces, los padres preadoptivos se descuidaban y revelaban su verdadera personalidad.

Hace años ocurrió lo siguiente: una pareja en los cuarenta, vestida de forma impecable, llegó al centro. El estado de sus finanzas, sus ocupaciones y el entorno en que habían crecido eran perfectos. El hombre vestía un traje elegante y la mujer un pulcro conjunto de blusa y falda. Eran educados y amables, y causaban una buena impresión. Al chico que estaba haciendo paint le encantaron y les dio muy buena calificación después de la primera entrevista. Así que tuvieron la segunda diez días después. A diferencia de la primera, que consistía sobre todo en presentarse, en la segunda intercambiaron distintas historias personales. También en esa ocasión la pareja fue vestida con mucho estilo. La mujer tenía cuarenta y cinco años, era guapa, con el cabello largo hasta los hombros y la tez clara. Sin embargo, a medida que avanzaba la entrevista, Park notó algo raro. Mientras la mujer hablaba, a veces su cabello bien peinado caía delante de su cara. Y cada una de las veces, su marido se lo colocaba meticulosamente detrás de la oreja. A primera vista, no parecía un lenguaje corporal problemático. Más bien, se podría decir que era un marido atento que se preocupaba por la apariencia de su mujer. Sin embargo, a medida que eso se repitió varias veces, el rostro de Park se ensombreció. Daba la impresión de que el hombre no podía soportar que el cabello de su esposa se moviera ni por un instante. Peor aún, lo volvía a colocar interrumpiendo en mitad de la conversación. En cuanto se marcharon, Park les pidió a otros guardianes que investigaran al hombre. Tenía una buena reputación. Era honesto, limpio y disciplinado, pero Park siguió preguntándose si eso era todo, hasta que alguien le dio una información diferente.

Al parecer, el hombre estaba obsesionado por el orden. Sólo estaba tranquilo cuando su casa, su coche e incluso su esposa estaban en el perfecto orden que exigía. De hecho, el hombre no quería hijos. Sólo necesitaba un muñeco viviente que colocar en un aparador y vestirlo a su antojo. Al final, lo pusieron en la lista negra del NC y, después del incidente, reforzaron los test psicológicos que debían superar los padres preadoptivos. Park logró detectar el peligro debajo de la gran amabilidad que el chico percibía. Ése era el poder innegable de su mirada adulta y su experiencia.

No tenía idea de por qué Park no estaba presente en mi segunda entrevista con Hana y Haeoreum. El director siempre había estado en la segunda entrevista. No me esperaba que pudiera ocurrir. Aunque era un guardián inflexible como el acero, me sentía incómodo ahora que no estaba allí.

Hana y Haeoreum estaban vestidos otra vez de manera informal. A diferencia de la primera entrevista, en la que no fueron capaces de ocultar lo raros que eran, ahora se veían mucho más relajados.

—Hola —saludé inclinando mi cabeza.

—Hola.

Los dos me saludaron moviendo la mano como si fueran niños pequeños.

La entrevista comenzó justo igual que la última. En cuanto pedimos nuestras bebidas, un robot ayudante entró a servirlas.

—Hana pensó que no volverían a llamarnos. Hasta me preguntó si yo querría tener unos padres así si estuviera en tu lugar —dijo Haeoreum con una sonrisa.

Mientras él reía, la mujer daba grandes tragos a su jugo.

—Sabes que es cierto. Apenas pasamos los test psicoló...

—¡Shh! —Haeoreum se llevó un dedo a los labios, pero Hana parecía indiferente.

—¿Crees que no saben que los estamos engañando? —dijo ella—. Esta gente sabe más de nosotros que nosotros mismos.

Hana miró a Choi como preguntándole: "¿No es así?", pero ella fingió no darse cuenta. A diferencia de la última vez, Choi estaba tranquila y en silencio.

—Sabía que al menos Janu querría vernos otra vez. Aunque no estaba cien por ciento seguro, debí apostar algo cuando Hana me lo sugirió.

Choi frunció el ceño, no parecía gustarle que se tomaran un asunto tan serio como si fuera un juego.

—¿Qué impresión se llevaron de mí? —pregunté.

Hana se quedó mirándome con ojos vidriosos. Parecía obstinada, pero torpe. A pesar de que él sonreía de forma algo tonta, parecía más fiable. Se hacía el loco, pero llenaba el vacío de ella. No me esperaba que él creyera que volveríamos a vernos. Supongo que era bueno leyendo a la gente.

—¿Puedo ser honesta? —preguntó Hana.

Al oír su pregunta, Choi entornó los ojos. Ser honesto no era malo, pero cada vez que alguien preguntaba si podía serlo, la gente se ponía nerviosa. Probablemente porque lo que querían no eran verdades, sino mentiras en envoltorios bonitos.

—Claro, me gusta la honestidad —dije.

—Me pareciste un poco oscuro, tal como se suele decir que son los NC… Por otro lado, me pareció que tenías mucha confianza en ti mismo. Eso no es algo malo, me gustó ver tu confianza.

Hana rio de forma extraña, como si tuviera la esperanza de que yo entendiese a qué se refería.

Yo lo sabía mejor que nadie. Afuera, en la sociedad, la gente creía y propagaba el estereotipo de que los NC eran malas personas con el fin de excluirnos. La verdad sólo es útil cuando le beneficia a uno. Y si trazar una línea entre ellos y nosotros sólo por ser diferentes les beneficiaba, entonces debía ser verdad.

—¿No seré una carga para ustedes? Ya tengo diecisiete años.

Lo que en verdad quería preguntar era por qué estaban interesados en mí. ¿Habrían pensado en ello detenidamente, como les había aconsejado Choi?

—Solía pensar que la gente que no había sido criada por sus padres biológicos eran diferentes a mí. Es lo que la sociedad nos empuja a creer. Y hace un tiempo había esas bandas de criminales que…

—Apreciaríamos que eligiera sus palabras con más cuidado —cortó Choi.

—Oh, lo siento —dijo la mujer poniendo cara de: "Ups, me confundí".

—Está bien.

Yo también sé que la sociedad ve a los NC como criminales en potencia. Librarnos de ese estigma era lo que nos hacía trabajar tanto para ser adoptados.

—Pero ya no pienso así. Sólo porque alguien haya sido criado por sus padres biológicos no lo hace perfecto. Sé quiénes son mis padres. También conozco a mis abuelos. Si quisiera, podría remontarme más atrás y ver de dónde vengo, pero un día una idea cruzó mi mente:

si mis padres no me hubieran criado, ¿sería una persona con una vida y personalidad totalmente diferentes ahora? Al final, no sé nada de las cosas que creo que me han hecho ser quien soy. Mis recuerdos llegan hasta segundo o tercero de primaria, y son borrosos. No tengo idea de cómo me criaron antes de eso. Luego pensé en los centros NC. Si cuando conocí a mis padres hubiera tenido tu edad, ¿habría sido diferente nuestra relación? En realidad, mi madre me hizo sufrir mucho. Por supuesto, yo también le di malos momentos con todo tipo de berrinches y mal humor. La mayoría de los niños reciben las peores heridas de sus familias. Por eso decidimos no tener hijos. Me daba miedo pensar que podría influir negativamente en la personalidad de mi hijo, sus valores o su vida. Criar a un hijo no es cualquier cosa. De todas formas, estuve mucho tiempo dándole vueltas al tema.

Cuando Hana terminó de hablar, se hizo un silencio pesado en la habitación. Sólo se escuchaba el ruido de los robots ayudantes limpiando en el pasillo.

De los padres preadoptivos que venían al centro, ninguno había contado su historia de esta manera. Al menos, hasta donde yo sabía. Después de esa respuesta inesperada, yo tenía un lío en la cabeza.

—¿Dices que escribes? —pregunté.

—Cariño, mira mi brazo. Se me puso la piel de gallina. Se acordó —le dijo Hana a Haeoreum.

Hana se levantó la manga para enseñarnos su brazo. Choi dejó escapar un suspiro. En cuanto a mí, me eché a reír por lo divertida que estaba resultando esa entrevista.

—¿Quién no se acordaría cuando vas por ahí contando que estás escribiendo una novela? —dijo Haeoreum apático.

De pronto, la mujer se puso más seria.

—Hay un par de cosas que me gustaría saber: si la gente que crece en los centros NC tiene tantos problemas como se piensa y qué tipo de vida tiene alguien cuando entra en una familia después de haber formado su personalidad, es decir, cuando un chico que ha crecido en un entorno completamente diferente se integra en una familia. Me gustaría escribir sobre eso.

En ese momento, se escuchó el chirrido de una silla al moverse hacia atrás. Choi se había levantado. Los tres la miramos sorprendidos.

—Salgan, por favor.

Lo dijo en la voz más fría que le había escuchado nunca.

—Guardi —dije.

—Cuando vinieron a este centro, dijeron que era porque necesitaban una familia.

—Y es cierto. La necesitamos —dijo Hana asintiendo con expresión de perplejidad.

—Los NC no son sujetos de pruebas ni temas de investigación. Y mucho menos, fuentes para un libro.

—Eso es lo que intento decir. Los niños no son sujetos de prueba, pero mucha gente intenta moldearlos

106

siguiendo sus deseos como si fueran una especie de experimento. ¿Acaso no hay un montón de niñas de diez años que odian los vestidos con volantes y los zapatos brillantes? Pero, a pesar de ello, sus madres las apuntan a academias de ballet en las que las hacen sostener el peso de sus cuerpos sobre la punta de los dedos de los pies. ¿No es terrible? ¡Gracias a eso, cuando crezca ni siquiera podrán ponerse unos zapatos!

—Hana, mira a Janu y cálmate. Recuerda dónde estamos.

El hombre se levantó. Sólo seguíamos sentados Hana y yo.

—Ya que empecé, seré aún más honesta... —comenzó Hana.

—No, ya has sido suficientemente honesta. Nuestro centro...

—Choi, ¿has olvidado quién tiene el derecho a elegir sus padres? —interrumpí.

—Janu, eres tú el que parece haberlo olvidado. Tenemos la obligación de protegerte.

—No siento que me hayan amenazado en ningún momento. Tampoco me siento incómodo ni ofendido.

—Aun así, esta entrevista...

—Quiero escucharlo todo. Lo que tengan que decir.

Todos estaban siempre presumiendo de lo bien que los habían criado sus maravillosos padres y de que seguir sus pasos era su sueño. Decían que se sentían desgraciados sin una familia y nos invitaban a formar parte de su cálida familia. Ninguno de ellos había dicho nunca que sus padres los hubiesen herido, excepto las dos personas que tenía delante.

—Por favor, Choi.

Choi lanzó un profundo suspiro.

—Si es lo que quieres, no hay nada que pueda hacer. Lo lamento. Tomen asiento.

El hombre dudó y terminó sentándose. Hana inspiró hondo, tratando de calmarse.

—Hana no se llevaba bien con su madre cuando era joven —intervino Haeoreum—. Ella también se opuso con vehemencia a nuestro matrimonio. Y yo no me llevaba bien con mi padre. A lo mejor es estúpido que gente como nosotros queramos formar una familia. Hana lleva un tiempo sintiendo curiosidad por los centros NC. Quería saber cómo vivían los niños aquí y qué valores tienen. Sin embargo, no era fácil conseguir información porque nadie admite que creció en un centro. Así que hicimos una solicitud directamente. Nunca pensamos que nos aceptarían, pero logramos conocerte y aquí estamos, en la segunda entrevista. Queríamos tener esta experiencia. Nos preguntábamos cómo sería vivir con un hijo ya crecido. ¿Sería como conocer a un buen amigo? Por supuesto, decir que no nos interesaban los beneficios del gobierno sería mentira, pero queríamos mostrarte nuestra sinceridad. Cuando volvimos a casa la otra vez, estuvimos hablando mucho tiempo sobre ti. Hasta pinté un retrato tuyo. No es nada del otro mundo. Sólo una caricatura sencilla. Quería regalártelo, pero sólo es posible en la tercera entrevista. Aunque viendo cómo están yendo hoy las cosas, parece que ésta será la última vez que nos veamos…

El hombre sonrió amargamente como si le pareciera una pena. Tenía razón, hoy podría ser nuestra última entrevista. Como Choi había dicho, eran inestables y tenían muchas carencias.

—Gracias por su sinceridad.

—Vinimos sin ensayar de antemano. Lo lamento si hemos divagado demasiado —se disculpó el hombre.

—La mayoría de la gente no tiene ocasión de practicar antes de ser padres —repliqué.

Lo que dije tomó por sorpresa a Haeoreum, que miró a Choi de reojo.

—Este… en la segunda entrevista podemos estrecharnos las manos, ¿verdad?

—Está permitido —replicó Choi con sequedad.

En cuanto Choi dio permiso, el hombre me tendió la mano.

—Ha sido un placer. Eres muy maduro. Mucho más adulto que nosotros.

—Sólo porque seas un adulto no significa que tengas que actuar como tal.

Esto también era algo que había leído una vez en un libro, que había un niño en el corazón de cada adulto. Justo del mismo modo que había una niña de diez años que odiaba el ballet en el corazón de Hana.

Estreché su mano grande y cálida.

—Adiós.

Choi parecía no poder esperar un segundo más para echar a esa extraña pareja del centro. Los dos se despidieron de Choi con una reverencia. Se giraron y salieron despacio de la habitación.

Cuando la puerta se cerró, Choi se desplomó en la silla. Mientras el robot ayudante limpiaba la mesa, ella se quedó perdida en pensamientos profundos. Era el momento de preguntarme qué quería hacer, pero se quedó callada. El robot salió de la habitación llevándose las tazas y los vasos vacíos.

—Choi.

Estaba medio aturdida y no parecía oír mi voz.

—Choi.

—Oh, perdona, ¿qué decías?

—¿Dónde está el director Park?

Al oír "director", Choi sacudió la cabeza como si le doliera.

—Se tomó un día para resolver asuntos personales.

¿Park tomándose un día libre? No podía creer que alguien como él, que se quedaba en el centro hasta los fines de semana, se hubiera tomado un día libre. Y de entre todos los días, justo en mi segunda paint. No era propio de él. Parecía que Choi tenía algo que ver con ese repentino día libre, pero no tenía idea de qué habría pasado entre ambos.

—¿Por qué?

—Razones personales.

Choi parecía ensimismada de nuevo. ¿A qué se refería con *razones personales*?

Me lanzó una sonrisa cansada:

—Perdona, estaba absorta en mis pensamientos.

Me encogí de hombros.

—Hace unos días vino una pareja realmente buena al centro. Todavía estamos revisando su solicitud, pero creo que a Park le gustaría que te entrevistaras con ellos, Janu.

—Me gustaría tener una tercera entrevista con esta pareja.

Choi frunció el ceño en cuanto lo dije.

—¿No lo acabas de ver por ti mismo? Esa mujer sólo quiere usarte como material de escritura. Además, parecen emocionalmente inestables.

—Ésa es la razón por la que me gustan.

—Janu, vivir con padres no es fácil. Y menos para alguien inteligente y sensible como tú...

—¿No crees que todos los padres del mundo son inestables e inseguros de alguna manera? Es su primera vez siendo padres. Que me hayan mostrado sus puntos débiles significa que confían en mí. Muchos padres ocultan sus debilidades a sus hijos y ese tipo de relaciones pierden la confianza a medida que pasa el tiempo.

Choi sacudió la cabeza. Su mirada se desplazó a la copa de un árbol de otoñales hojas amarillas.

—Cuando Park dijo de forma profética que pedirías la tercera entrevista no lo creí. Pensaba que insistías en las entrevistas sólo por ser desafiante. Creía que era tu manera de expresar tu insatisfacción. Después de todo, siempre sacudías la cabeza con cada holograma que te mostrábamos, pero quizás hayas encontrado algo en esa pareja que nosotros no vemos. Es algo que me dijo Park y tampoco quise creer, pero ahora veo que es cierto.

Me sentía agradecido de que Park entendiera mis sentimientos. No éramos un rebaño de ovejas a las que pudiera conducir mordiendo sus patas como un perro pastor. Los adultos reales que queríamos eran los que reconocían que podíamos ver, saber o sentir cosas que ellos no. En resumen, personas como el director Park.

—Aun así, no creo que Park pueda entenderme por completo. Ni siquiera yo puedo.

—Me esforzaré por entenderte mejor de ahora en adelante, Janu.

Choi era una buena guardiana. Era cálida, empática y comprensiva. Sabía que el centro B, lleno de chicos, debía ser extenuante para ella, pero estábamos contentos de tener a una persona tan buena cuidándonos. Permitirnos libertad dentro de lo que estaba marcado por las normas era más difícil que asegurar su cumplimiento.

—Gracias —dije inclinando la cabeza hacia Choi.

6. ¿CREES QUE VIVES COMO PIENSAS?

—¿Estuviste en el gimnasio, Janu? En vez de responderle a Oki, le enseñé mi multirreloj. En el centro, la salud física era tan importante como la buena actitud y la personalidad. Teníamos que entrenar al menos treinta minutos al día. Todo quedaba grabado en nuestros multirrelojes: el tipo de ejercicio, su duración, cuántas calorías habíamos quemado e incluso nuestra masa muscular. Y todos esos datos se almacenaban en las computadoras de los guardianes. Si no hacíamos ejercicio, nos daban puntos de penalización y cuando alcanzábamos un número determinado nos confiscaban los multirrelojes y debíamos ir a la sala de arrepentimiento para escribir una carta de disculpa. Todos los NC pensábamos que era cien veces mejor sudar en el gimnasio a que nos quitaran el multirreloj. Tras un par de días haciendo ejercicio, se generaba una extraña adicción, así que no había muchos chicos que se quejaran por ello.

—¡*Arg*! Odio tener que hacer ejercicio todos los días.

Podré dejar de hacerlo una vez que me adopten y viva en mi nuevo hogar con mis padres, ¿cierto? —dijo Oki.

Por supuesto, siempre había pequeñas quejas. Por parte de mi compañero de habitación y chicos como Noa, que odiaban moverse a no ser que fuese dentro de una sala de realidad virtual.

—¿No te tocará hacer más cosas fuera de las que haces aquí? —le pregunté.

"¿Qué cosas?", pareció preguntarme Oki con la mirada al bajarse de la caminadora. Había muchas comodidades en los centros que dábamos por sentadas y no nos dábamos cuenta de ello hasta que estábamos fuera. Fruncí ligeramente el ceño.

—Levántate ya, Oki. No deberías dormir hasta tan tarde los fines de semana. ¿No te he dicho que no puedes ver esa serie? Apágala ya. ¿Y por qué estás siempre mirando tu multirreloj? Te lo voy a tener que quitar. ¡Oki! Tus notas han bajado este semestre. ¿No crees que deberías ir a clases de refuerzo? Oki, esos amigos no te convienen. Si comes tanto helado porque hace calor, te vas a enfermar. Oki, ¿por qué no desayunas? Mamá ha preparado estos chícharos para ti, ¿por qué los apartas? —dije imitando la voz de una madre.

—*Arg*, está bien. Déjalo ya.

Al verlo con el ceño fruncido, me detuve.

—Estás lleno de ideas negativas sobre los padres —me dijo.

—No es negatividad, soy realista.

Oki lanzó un resoplido.

—Te pasas horas con el *windboard* y sólo haces media hora de ejercicio. ¿De qué te quejas tanto? ¿Acaso no es más difícil el *windboard*?

—Hey, ¿qué comparación es ésa? El *windboard* es muy divertido, pero correr en una caminadora es aburrido.

—Eso es sólo porque piensas así.

Cuando Oki estaba en su *windboard*, se veía feliz como a un perro al que le acaban de dar una golosina, pero cuando le tocaba hacer ejercicio, su rostro adquiría una expresión seria, como si lo estuvieran arrastrando a la sala de arrepentimiento.

—¿Crees que estás viviendo como piensas? —le pregunté.

—¿Quieres decir que vivo como piensan otros en lugar de como yo pienso?

Claro, somos seres humanos que pensamos, juzgamos y actuamos por nosotros mismos. Sin embargo, ¿actuamos sólo por nuestra propia voluntad, sin ser obligados por fuerzas externas?

—Oki, ¿no crees que es posible que tus pensamientos te estén controlando?

—¿A qué te refieres? —preguntó mirándome con los ojos muy abiertos.

—A lo de que el *windboard* es divertido y el ejercicio aburrido. Si esa idea sencilla queda grabada en tu cerebro, la hora del ejercicio se vuelve tediosa. Una vez que esa idea eche raíces, odiarás el ejercicio para siempre.

—No lo sé, creo que tú piensas demasiado.

—Es mejor que no pensar nada.

—¡*Arg!* ¿Podrías parar? ¿Por qué siempre tienes que ganar las discusiones?

—Perder es ganar, chico.

Oki me sacó la lengua, se quitó el multirreloj y lo dejó sobre la mesa. ¿Estaría siendo muy cruel? Quizá me puse gruñón sin darme cuenta, porque me molestaba lo mucho que había cambiado Oki después de su primer paint.

—Vi a un guardi en el gimnasio. Estaba empapado en sudor —dijo Oki.

—¿Qué guardi? ¿Era Park? ¿Qué hacía en el gimnasio?

Park siempre estaba subrayando lo importante que era el ejercicio, pero en realidad era él quien tendría que escribir una carta de disculpa en la sala de arrepentimiento, porque trabajaba siempre hasta tarde en la noche y con frecuencia le sangraba la nariz. A veces incluso se desmayaba y tenían que llevarlo a la enfermería. Cada vez que eso ocurría, recibía un regaño del médico de guardia, pero seguía igual. A juzgar por lo poco que comía en el comedor y la manera en que a veces necesitaba medicamentos para el estómago, estaba claro que su cuerpo era un desastre. Igual había empezado a preocuparse por estar en forma, pero en lugar de pensar que era una suerte, sólo podía preguntarme por qué justo ahora.

—Por fin Park descubrirá lo difícil que es hacer media hora de ejercicio cada día —concluyó Oki, marchándose de la habitación con una muda limpia de ropa.

Uno de los motivos por los que me gustaba el ejercicio era que me despejaba la mente. Después de una hora corriendo a tope quedaba tan exhausto que no podía pensar en nada. A lo mejor Park había ido al gimnasio por la misma razón. Cuando tienes algo todo el tiempo en la cabeza y te deja mentalmente agotado, sólo quieres bloquear ese pensamiento.

Repentinamente, Park se había tomado un día libre justo cuando tenía mi segunda entrevista. Si Choi, que era la más cercana a él, desconocía el motivo, el resto de los guardianes tampoco debía saberlo. De todas formas, estaba claro que no me lo dirían, aunque lo supieran. Siempre nos decían que si teníamos algún problema se lo contáramos, en lugar de guardárnoslo y soportarlo solos, pero en realidad nadie conocía los sentimientos de Park. Me preguntaba qué clase de niño viviría en su corazón.

Un soplo de viento hizo que afuera los árboles se balancearan. Otro día que terminaba. Dentro de poco, yo cumpliría dieciocho. Normalmente, el tiempo transcurre despacio, pero a veces parece ir demasiado rápido.

—Hey, ¿te quedan arándanos? —preguntó Noa mientras salíamos del comedor después del almuerzo.

—Sólo han pasado quince días. ¿No me digas que...?

—Olvídalo. Si me vas a fastidiar, no los quiero —dijo Noa agitando una mano en el aire molesto.

—¿Qué necesitas esta vez?

—Me tiembla el cuerpo, creo que necesito comer algo dulce.

Le hice un gesto con la mano para que me siguiera.

El gobierno cubría todos nuestros gastos, incluida la matrícula académica. Dos veces al año nos daban ropa de diario de varios tipos, uniformes y deportiva, para hacer ejercicio. También pagaban las facturas de los multirrelojes y la comida. Además, para gastos personales, como jugar en las salas de realidad virtual o comprar *snacks* en las cafeterías de autoservicio, necesitábamos unos "puntos", que también proveía el gobierno.

Los puntos eran una moneda de cambio que sólo podía utilizarse en los centros NC. Una vez al mes nos cargaban una cantidad a cada multirreloj para nuestros gastos.

Pero este sencillo sistema de puntos no era fácil de explicar a los niños que estaban en preescolar y no entendían bien los números. Les resultaba difícil calcular cuántos puntos tenían y cuántos les restarían después de comerse un helado en una cafetería.

Por eso, se utilizaba el concepto de los arándanos, para que les resultara más fácil de entender a los pequeños. Por ejemplo, si yo compraba un caramelo, me restaban uno de mis diez arándanos. Por eso, aunque ahora éramos mayores, seguíamos llamando arándanos a los puntos.

En cuanto entramos en la cafetería, Noa sacó una soda del refrigerador. Supe que quería comprar algo más a juzgar por cómo me miraba. Cuando lancé un suspiro dándome por vencido, Noa tomó rápidamente unas galletas.

Escaneé los códigos de barras en el lector del mostrador y los puntos se restaron de mi multirreloj con un pitido.

Al salir de la cafetería, miré a Noa de reojo. No llevaba puesto su multirreloj en la muñeca. Siempre estaba jugando con él durante las clases, aunque a menudo lo sorprendían y era castigado.

—¿Dónde está tu multirreloj?

Noa ignoró mi pregunta mientras bebía la soda a grandes tragos. ¿Lo habían castigado otra vez? Me parecía increíble.

—¿Te volvieron a mandar a la sala de arrepentimiento? —pregunté.

—No seas tan tacaño, de todas formas, no se pueden guardar los puntos. Caducan al mes siguiente, así que tampoco hace falta que me lo pongas tan difícil por pedirte que me compres una soda.

—¿Volviste a pedirle puntos a Juno?

Juno era su compañero de habitación, tenía quince años y era tan raro como Noa.

—Si no quieres prestarme puntos, sólo dilo. No necesito a nadie más diciendo que soy problemático e irresponsable con el dinero.

—¿Te peleaste?

—No, sólo le di un pequeño empujón y se cayó. Y tuvo que ser en el pasillo, claro.

Había cámaras de vigilancia instaladas por todo el centro, excepto en las habitaciones y los baños. Si había una pelea en el dormitorio, las alarmas del pasillo sonaban de inmediato y se alertaba a los guardianes. Tratándose de un lugar lleno de adolescentes, una de sus mayores preocupaciones eran las peleas y la violencia.

—¿Cuántas veces llevas ya? Si sigues metiéndote en problemas, te quitarán el derecho a las entrevistas.

Cada vez que alguien rompía las reglas o se metía en líos, recibía puntos de penalización. Si se acumulaban demasiados, uno no podía tener entrevistas y al final debía abandonar el centro sin padres.

—Pronto vas a cumplir los dieciocho. ¿Por qué te portas así? —lo cuestioné.

—¿Y tú qué? Puf, no sé. Es difícil conocer a unos nuevos padres y…

"¿Y qué?", le pregunté con la mirada a Noa mientras abría sus galletas y empezaba a masticarlas.

—Me siento como si fuera una gacela africana —dijo.

—¿A qué te refieres?

Noa lamió los restos de la comisura de sus labios antes de continuar:

—Hace poco vi un documental. ¿Sabías que las gacelas nacen con la capacidad de caminar y correr? Por supuesto, siguen necesitando a una madre que las proteja, pero son muy independientes. ¿Y si los humanos fuéramos así? Si pudiéramos caminar y correr de recién nacidos... ¿No sería divertido conocer a nuestros padres así?

Probablemente Noa se refería a lo absurdo de conocer a nuestros padres siendo ya mayores. La comparación no era del todo descabellada.

—Voy a pensar en mí como en una de esas gacelas de África. Conocer a mis padres cuando ya sé caminar, correr y hablar —concluyó.

—Se te olvida mencionar que también das puñetazos.

—No quería decirlo, pero si me sigues interrumpiendo, igual lo pongo en práctica —bromeó Noa.

Park encontraría los padres perfectos para él. Noa tenía un carácter un poco problemático y temperamental, pero también era considerado a su manera. Tal como decía, éramos como gacelas, cebras o jirafas. Chicos que ya sabíamos caminar, correr, hablar y pensar cuando conocíamos a nuestros padres. Pero, a pesar de nuestra madurez, todavía no podíamos vivir por nuestra cuenta y necesitábamos la protección de los adultos. Si los humanos naciéramos de esa manera, quizá tendríamos menos cicatrices y recuerdos dolorosos de la infancia en nuestro subconsciente.

—Janu, ¿sabías que hay seis tipos de gacelas? —continuó.

Parecía que él realmente quería convertirse en una. No sé qué le pasaba hoy con las gacelas. Lo miré como preguntando si no prefería hablar de otra cosa, y se echó a reír.

—En fin, llámame si te quedas sin puntos y necesitas algo.

Mientras me subía a mi cinta transportadora, me detuve en seco de repente. Un momento, si había escrito una carta de disculpa ¿no significaba eso que habría husmeado otra vez en la oficina de Park?

—¿Qué haces ahí plantado? —preguntó Noa mientras mordisqueaba sus galletas.

—¿Estuviste en la oficina de Park por casualidad?

—Sí, ¿por qué?

Aparte de Noa, no había muchos chicos a los que enviaran a la sala de arrepentimiento. Después de todo, se nos enseñaba a no hacer daño a los demás. A lo mejor por eso no se les prestaba mucha atención a las salas de arrepentimiento de los centros NC. Y nuestro centro B era el que menos recursos tenía, debido a sus pobres resultados. Por eso habían tenido que utilizar parte de la oficina del director para convertirla en la sala de arrepentimiento y dejar el espacio para la ampliación del gimnasio.

—¿No viste nada raro?

Noa frunció los labios.

—Park estaba leyendo libros como de costumbre. No se peleó con Choi como la otra vez.

—¿Choi? ¿Estaba allí otra vez?

—Parece que sólo había ido para entregarle un informe.

—Ah… así que no pasó nada especial, ¿cierto?

—¿Como qué?

Bueno, teniendo en cuenta la personalidad de Noa, si hubiese ocurrido algo entre los dos, estaría impaciente por contármelo. ¿Estaría Choi simplemente informando de asuntos del trabajo?

—¿Por qué iba a haber algo especial? De todas maneras, Choi dijo que volvería al día siguiente —añadió.

—¿A qué hora te enviaron a la sala de arrepentimiento ayer?

—Alrededor de las seis. Park llegó unos treinta minutos después y Choi algunos minutos más tarde. Hablando de Choi, parece que realmente odia a Park. Deberías haber oído lo que dijo al salir de la oficina.

—¿Qué dijo?

—Le dijo que se concentrara en el trabajo del centro. Me imagino que ella cree que las distracciones están interfiriendo en el trabajo. Choi es algo especial.

¿Se habría enfadado con Park por tomarse el día libre? Después de todo, fue justo el día de mi segunda entrevista. Aun así, Park también era humano. Podía haber tenido alguna circunstancia ineludible o razones personales de peso. Choi no era quien para acosarlo por un día libre. Park siempre se mantenía firme, a pesar de las presiones de la central por su bajo rendimiento. Me pregunto qué habría sido tan importante para impedirle concentrarse en su trabajo en el centro.

—¡Eh, despierta! Parece que estás en las nubes.

Por más vueltas que le daba, algo no encajaba. ¿Habría habido algún problema?

—¿No te vas? Ya se pasó la hora del almuerzo —dijo Noa metiéndose en la boca los restos de galletas mientras echaba a andar.

El timbre de la quinta clase del día sonó y me subí lentamente en mi cinta transportadora.

Cuando miré por la ventana, había dos personas atravesando las pistas de deporte. Uno era Park y el otro Hwang, el guardián a cargo de la disciplina. Una larga sombra cubría las pistas y el cielo estaba cubierto de nubes negras, como si estuviera a punto de llover. Una brisa fría soplaba colándose por el hueco de la ventana, cargada de un olor intenso de principios de invierno. Pero, incluso en invierno, el centro NC estaba rodeado de un bosque verde.

7. ES POR MÍ, SÓLO POR MÍ

Las gotas de lluvia repiquetearon en el cristal de la ventana durante toda la noche. Cuando la habitación empezaba a sentirse húmeda, se activaba un sensor con una luz azulada, la temperatura aumentaba y entraba en funcionamiento el purificador de aire. Después de terminar las clases, volví a mi habitación y me puse ropa cómoda. Oki estaba jugando videojuegos en su multirreloj y murmurando para sí. Se veía animado porque pronto tendría su segunda entrevista.

—Janu, ¿qué tipo de contacto físico se permite en las segundas entrevistas?

—Estrechar la mano.

El rostro de Oki se iluminó a pesar de mi respuesta apática.

—Por fin podré sostener las manos del abuelo y la abuela. Seguro que serán cálidas.

—Entonces, ¿ya decidiste que los llamarás abuelos?

—Bueno, no necesariamente, pero aunque suene raro, me gusta —respondió mientras sacudía la cabeza—.

¿Crees que se enfadarán si lo hago? Me dijeron que conmigo se sentían como si estuvieran hablando con un nieto.

La ropa que me acababa de poner olía a detergente.

—Entonces, no creo que pase nada.

Oki dibujó una amplia sonrisa al ver que estaba de acuerdo.

—Janu, me gustaría presentártelos. No puedo creer que ni siquiera nos hayan dejado tomarnos una foto juntos.

Hasta que no se firmaban los papeles de la adopción y los niños se iban del centro, estaba prohibido que quedara cualquier testimonio de la relación. No se permitían mensajes de voz, videos ni fotografías. Ese tipo de huellas podrían traer consecuencias inesperadas.

—Hey, tu tercera entrevista también es dentro de nada. Hacía un montón que no ibas ni a la segunda.

Aun así, no estaba seguro de que fueran buenas personas. Lo único que tenía claro era que eran honestas y un tanto peculiares. El hecho de que dijeran lo que querían sin filtro me parecía algo positivo. ¿Debería confesar que eso hacía que estuviera desesperado por conversar más con ellos?

En ese momento, la voz de Hwang retumbó en la habitación y el pasillo:

—Todo el mundo de inmediato al auditorio. Todos al auditorio.

Era un llamamiento. Los guardianes no hacían ese tipo de anuncios a no ser que fuese por un simulacro de incendios o algún evento especial. Y aún menos por la noche, después de clases.

—Janu, ¿crees que sea un simulacro?

—No. No sonó la alarma de incendios y tampoco avisaron hoy. Debe tratarse de otro asunto.

—No recuerdo ninguna vez que nos hayan llamado al auditorio sin avisar antes.

—Ya veremos de qué se trata cuando lleguemos.

Le alboroté el cabello a Oki. Tenía un mal presentimiento. Recordé que Noa mencionó que Choi le había pedido a Park que se concentrara en el trabajo del centro. Oki apagó su multirreloj y se dirigió a la puerta. Poco a poco, todos fueron llegando al auditorio. El director Park y el resto de los guardianes estaban de pie sobre el escenario.

—Debe ser un anuncio importante —murmuraban los chicos mientras los miraban.

Por alguna razón, me puse nervioso y observé el rostro pálido de Park.

Cuando todo el mundo se sentó, Park tomó el micrófono. Observó a la multitud detenidamente con sus ojos marrones.

—Siento convocarlos tan tarde durante el tiempo de descanso.

Su voz era pausada y tranquila, como de costumbre.

—No quiero robarles mucho tiempo, así que iré directo al grano.

Park se detuvo un momento y mostró una cálida sonrisa, como si quisiera tranquilizarnos.

—Voy a ausentarme del centro durante un tiempo. No será mucho.

A juzgar por las caras de sorpresa del resto de los guardianes, daba la impresión de que nosotros no éramos los únicos que nos estábamos enterando en˙ ese momento. Entre los guardianes estaba Choi, con una expresión seria.

—¿Adónde vas? —preguntó alguien.

—Se trata de un asunto personal. Sin embargo, aunque yo no esté como director, hay guardianes maravillosos en este centro, así que les pido que, durante mi ausencia, sigan sus instrucciones y sigan viviendo tan diligentemente como hasta ahora. Como director, les pido disculpas por tener que abandonar mi puesto.

Park hizo una reverencia ante nosotros. Era la primera vez que ocurría algo así. Él casi nunca abandonaba el centro. No iba a casa los fines de semana si podía evitarlo. Además, en tan sólo unos pocos días Oki y yo tendríamos nuestra segunda y tercera entrevista. Muchos otros chicos también estaban a punto de tener entrevistas, y algunos estaban viviendo los periodos de convivencia en el dormitorio externo con sus padres adoptivos. ¿Cómo podía marcharse en un momento así?

—¿Qué pasa, Park? ¿También tienes una entrevista con padres adoptivos?

—Pero, Park, va a ser mi primera entrevista.

—¿Por qué te marchas de repente?

—¿No será que lo envían a recibir entrenamiento por los bajos resultados del centro?

—¿Otra vez? Pero si tuvo un curso hace muy poco. Además, dijo que se trata de algo personal.

—Apuesto a que se va a casar.

—Nunca se va del centro. ¿Cuándo iba a tener tiempo para conocer a alguien?

Los chicos gritaban uno tras otro hacia el escenario. Hwang tomó el micrófono mientras Park se retiraba.

—El director ha estado trabajando sin descanso para el centro. Está exhausto física y mentalmente. Quiero que todos ustedes se concentren en sus entrevistas y sus estudios hasta que él regrese. Ahora, todos de vuelta a los dormitorios.

Los chicos se fueron levantando uno tras otro. Por más vueltas que le daba, había algo raro en todo este asunto.

—Janu, ¿no vienes? —preguntó Oki tirándome de la manga.

Miré a Choi sobre el escenario. Su rostro no mostraba emoción alguna. Parecía perdida en sus pensamientos.

—Vámonos de aquí —respondí, llevando a Oki de la mano mientras salíamos.

—¿Crees que se irá de viaje a algún lugar lejano? ¿Quizás al extranjero? Eso estaría bien. Nunca se ha ido de vacaciones, así que estoy seguro de que podría tomarse muchos días libres. Seguramente ha acumulado todos sus puntos de vacaciones —dijo Oki.

—¿Puntos de vacaciones?

—Claro —asintió Oki—. Seguro que alguien tan meticuloso como él los ha ido guardando todos para usarlos de golpe...

Ahora que lo pensaba, seguramente Oki tenía razón. Park debía de haber acumulado un montón de puntos vacacionales para tomarse unos buenos y largos días de asueto. Me levanté de la cama de un salto.

—¿Adónde vas, Janu? Ya casi es la hora de cenar.

Pero en ese momento yo tenía cosas más importantes por las que preocuparme que la comida. La puerta se abrió con un zumbido y eché a correr.

Una multitud de chicos se movía por el pasillo como una manada de animales herbívoros en busca de pasto verde. ¿Sería demasiado tarde? Mientras pensaba en ello me fijé en Noa, que también estaba en el pasillo. Corrí hacia él y le toqué el hombro. Noa se giró. Parecía realmente sorprendido de verme.

Había una cámara de seguridad parpadeando sobre nuestras cabezas.

—¿Qué pasa? —preguntó.

—Hey, ya usaste todos tus arándanos, ¿cierto?

Noa me miró como si le estuviera preguntando algo obvio.

—Sí, ¿por?

—Me sobran un montón. Si quieres te los doy todos.

—¿En serio? —preguntó Noa confundido, abriendo mucho los ojos.

—Somos amigos, ¿no es así?

Noa se me quedó mirando. Podía entender que estuviera confundido. Me sentía culpable, pero no podía hacer otra cosa.

—Lo siento, en serio. Entiéndeme, no me queda tiempo.

Miré hacia la cámara de vigilancia.

—¿Que entienda qué?

—Aprieta los dientes.

—¿Qué?

—¡Que los aprietes, idiota!

Le lancé un puñetazo a la cara. Noa cayó al suelo con un ruido sordo. Las sirenas y luces rojas inundaron de inmediato el pasillo.

—Janu 301. Janu 301. Has violado la norma de no violencia. Has violado la norma de no violencia. Preséntate en la oficina central de inmediato.

—¡Eh! ¿qué demon...?, ¿de qué se trata, idiota?

—Lo siento.

Antes de que Noa pudiera decir nada más, corrí a mi cinta transportadora y me marché a la oficina central.

—¿Por qué golpeaste a Noa? Él no te había hecho nada.

Hwang me miraba con los brazos cruzados y los ojos entrecerrados.

—Quería venir de visita porque escuché que habían trasladado la sala de arrepentimiento.

—¿Te parece divertido?

Por el rabillo del ojo vi unas cajas colocadas en la estantería, el control remoto estaba en una de ellas.

—Entrégame tu multirreloj.

Me quité el reloj como ordenó Hwang.

—Escribe el motivo exacto por el que golpeaste a Noa.

Hwang colocó un bolígrafo y un trozo de papel sobre la mesa y salió a cenar.

La puerta estaba cerrada y el reloj marcaba las seis y cuarto. Me quedé mirando el papel en blanco. El día anterior, Noa había escuchado discutir a Park y a Choi sobre las seis y media. En ese momento, escuché la puerta abrirse y también un ruido de pasos. Me apresuré a registrar las cajas hasta que di con el control remoto.

Presioné el botón de observación. El centro de la puerta se volvió transparente y me permitió ver a Park sentado frente a su escritorio. En cuanto lo vi, sentí una punzada en el pecho. Mi conciencia me gritaba que estaba haciendo algo que no debía. A pesar de ello, seguí pulsando el botón de la puerta de seguridad cada vez que el sistema se apagaba.

Park se levantó y miró por la ventana. Se veía nervioso y ansioso, no parecía alguien a punto de irse de vacaciones.

Mientras estaba ahí parado, su multirreloj se iluminó y empezó a sonar. Un holograma de Choi se proyectó en el aire.

—Hoy no recibiré ningún informe —dijo Park y apagó el holograma antes de que Choi pudiera replicar.

Park tragó saliva.

Las cosas no estaban saliendo bien. Choi tenía que venir. Tenía que preguntarle a Park cuál era el problema.

Si no lo hacía, yo habría ido hasta allí para nada. Qué podía hacer. Quizá Hwang lo supiera. Podría preguntarle, pero tenía fama de ser alguien que mantenía la boca cerrada. Así que, aunque supiese algo, no me lo contaría. Pero no podía permitir que Park se marchara sin enterarme de qué estaba ocurriendo. Siempre se quedaba en el centro para cuidarnos, incluso cuando la mayoría de los guardianes estaba de vacaciones. Era como una figura paterna en la que podíamos confiar. Nos escuchaba, esperaba a que nos abriéramos y venía a vernos cuando estábamos preocupados por algo. Me asustaba que pudiera marcharse y no regresar jamás...

Escuché la puerta abrirse de nuevo. Tal como imaginaba, la persona que entró sin esperar a recibir permiso era Choi.

Park se giró hacia ella como si estuviera esperándola.

—Ya te dije que hoy no recibiría informes.

—No dije que tuviera nada de lo que informar, pero cortaste la llamada antes de escuchar lo que iba a decir.

Choi daba la impresión de que se pondría a gritar en cualquier momento.

—Si no vas a darme ningún informe, entonces no hay nada de lo que debamos hablar. Puedes regresar al trabajo.

—¿El director del centro se marcha en un momento tan crucial y dices que no hay nada de que hablar?

—He delegado mis responsabilidades en Hwang. Además, hay muchos más guardianes.

—*Seonbae.*

¿Seonbae? En los centros NC no se utilizaban ese tipo de términos con los que uno se dirigía con cierta confianza a sus colegas mayores. ¿Esa cercanía significaba que Choi y Park ya se conocían antes de que llegaran al centro? El rostro de Park mostraba claramente sorpresa.

—Esto es un centro NC. Por favor, apégate al lenguaje formal.

Todos los guardianes utilizaban un lenguaje formal y respetuoso al hablar entre ellos. A excepción del cargo de director, no había ningún otro rango o título especial entre los trabajadores. Y, por supuesto, el director Park se dirigía a todos con cortesía. Choi echó un vistazo a su multirreloj y, sin venir a cuento, rompió a reír.

—Fíjate, ya sólo falta media hora para terminar el trabajo. Creo que me iré y mañana llegaré un poco más temprano... después de todo, ya no soy tu subordinada, ¿cierto?

—Choi.

—No soy tu subordinada, si no estás de acuerdo, puedes hablarme de manera informal.

Park sacudió la cabeza desconcertado mientras miraba a Choi, que tenía una sonrisa de oreja a oreja. Choi solía gastarle ese tipo de bromas al director Park.

—Bien, ¿qué es lo que quieres decirme?

La voz temblorosa de Park se extendió por la estancia como tinta en el agua. Ya no era el tono frío del director del centro.

—Por fin empezamos a entendernos.

A juzgar por el largo suspiro que dejó escapar Choi, también había estado tensa hasta ese momento.

—Como sabes, en cuanto me gradué tomé el examen para convertirme en guardiana. Mentiría si dijera que no influiste en esa decisión. Quería convertirme en guardiana para estar junto a los chicos y darles apoyo. Estudié al máximo y obtuve la mejor calificación en el examen. ¿Por qué crees que lo hice?

¡Ah! *Entonces, se conocieron en la universidad*. A juzgar por el tono de voz y las miradas, ambos se conocían mucho mejor de lo que había imaginado. Los otros guardianes no se atreverían a hacerle al director las mismas bromas que Choi. Finalmente entendí cómo era posible que ella le hablase a su superior de esa manera.

—Sólo la persona con la calificación máxima en el examen puede elegir su lugar de trabajo. Así que tenía un cien por ciento de probabilidades de obtener el primer o el segundo puesto que seleccionara. Trabajé mucho porque quería obtener la mejor calificación, pero al final solicité este centro, el último, conocido por tener los peores resultados. Escuché que hasta ahora sólo había habido dos personas que se habían ofrecido a trabajar voluntariamente en este centro, a pesar de tener la mejor calificación en el examen: tú y yo.

Siempre me había preguntado cómo había terminado aquí Choi, el misterio iba a resolverse finalmente.

—¿Por qué crees que decidí venir a este centro, del que se rumorea que es el peor? —preguntó Choi lanzando una mirada inquisitiva a Park—. Porque quería estar cerca de los que estaban en peor situación. Encontrar padres para ellos, sobre todo después de haber pasado diez años en un centro NC, no es precisamente una tarea agradable o emocionante. Y los malos números del centro B sólo hacen que muchos estén ansiosos ante la perspectiva de encontrar unos padres. Eso quiere decir que hay muchos chicos que necesitan ser queridos aquí.

Choi inspiró profundamente antes de continuar.

—¿Adónde te vas?

Park se quedó sin palabras por un momento tras escuchar a Choi.

—Estoy pensando en ir al extranjero y encontrar lugares que funcionen de forma semejante a los centros NC. Todavía no tengo planes concretos, pero...

—*Seonbae* —Choi interrumpió a Park.

Él parecía nervioso y ansioso, como si lo estuvieran persiguiendo. Choi dio un paso hacia él.

—Sabes de sobra que no es ahí adonde quieres ir —dijo Choi.

—...

—Quieres verlo una última vez, ¿no es así?

—¿Qué quieres decir?

Eso mismo quería preguntar yo. ¿En qué estaba pensando Park en realidad? Las respuestas a cosas que siempre nos habíamos preguntado Oki y yo estaban saliendo lentamente a la superficie. En ese instante, el sistema de seguridad de la puerta se apagó y presioné de nuevo el botón de encendido del control remoto.

—Lo sabes muy bien —dijo Choi.

—No, en verdad.

Park contrajo el rostro con una mueca de dolor.

—¿Sabes por qué seguí tus pasos e hice el examen para convertirme en guardiana del centro NC? —insistió Choi.

—...

—Fue por ese tirano que arrojaba cualquier cosa que tuviera en la mano y, cuando estaba borracho, amenazaba a su hijo de tan sólo siete años con un pedazo de vidrio de una botella. Ese hombre que cuando estaba sobrio suplicaba perdón de rodillas, avergonzado por lo que había hecho, pero que al caer la noche volvía a emborracharse. Un enfermo que descargaba su furia en su hijo, que parecía un esqueleto por la malnutrición y la falta de sueño... No puedo imaginar lo doloroso que debió ser para ti crecer en ese entorno. Y sólo quería rodear con mis brazos a ese niño.

Me cubrí la boca con las dos manos. Mi mente se quedó en blanco. Siempre había pensado que Park, más que ningún otro, habría crecido con unos padres de principios sólidos. Creía que había llevado una vida modelo en un hogar armonioso. Jamás imaginé que Park, que se sacrificaba tanto por nuestro bienestar, hubiera tenido una infancia tan terrible y miserable.

De pronto, se me ocurrió que justo ésa era la razón por la que estaba aquí. Dentro de ese hombre que se esforzaba más que nadie por encontrar los mejores padres para los NC y no quería que ninguno de nosotros resultase herido, había un intento desesperado por sanar las heridas de ese niño que no había podido crecer...

Paralizado por el vuelco que me produjo en el corazón, no me di cuenta de que el sistema de la puerta se había desactivado, pero esta vez no fui capaz de pulsar el botón de nuevo.

Ya no podía seguir mirando a Park y a Choi, pero allí sentado en silencio no pude evitar escuchar la conversación que seguían manteniendo al otro lado de la puerta.

—De todas formas, te deseo un buen viaje. Adonde quiera que vayas. Mientras te traiga paz y te ayude a olvidar el dolor...

—Vivía aterrado —murmuró Park con voz temblorosa—. Cada vez que oía sus pasos o me llegaba el olor del alcohol, sentía un miedo asfixiante. Mi padre era un gigante para mí, un monstruo, un demonio.

—...

—Y ese monstruo ahora es un viejo enfermo, decrépito, en los huesos.

Así que Park había ido a visitar a su padre viejo y enfermo al hospital el día de mi segunda entrevista.

—El médico dice que no vivirá más de un mes —escuché que añadía Park, soltando una carcajada—. Tuve una sensación extraña al oír eso.

Y continuó:

—Solía desear que muriese, rezaba por que desapareciera lo antes posible de este mundo, pero ¿por qué no pude sonreír cuando me dio la noticia?

—Vete —dijo Choi—. Debes estar a su lado.

—¿Por qué debo hacerlo? —replicó Park en un tono glacial.

—Porque es lo que quieres.

—Estoy harto. Lo único que quiero es…

—No te digo que lo perdones.

¿Perdonar? ¿Se puede perdonar algo así? ¿Por qué debería? ¿Por ser su padre, por estar viejo y en su lecho de muerte?… ¿Podía perdonar a un padre que lo había maltratado tanto? ¿Para qué?

—Sabes que no es por él —dijo Choi con voz húmeda—, hazlo por ti.

Choi se quedó sin palabras por un momento. La persona frente a ella no era el director ni un guardián. Era un niño pequeño asustado, escondido en el armario, porque tenía miedo de su padre que, borracho, agitaba el puño.

Quise tragar saliva, pero tenía la boca seca y sentí una punzada en la garganta.

—Hey, no necesitas salir corriendo. Ahora nadie puede hacerte nada. Nadie puede herirte.

—No voy a huir —tras un instante, Park añadió—: Y tampoco voy a perdonarlo.

—Está bien.

Había un ligero temblor en la voz de Park. Seguramente estaría apretando sus puños, como de costumbre.

—Pero quiero mostrarle una vez más... que no soy como él.

Aunque no podía verlos, imaginé que Choi estaría asintiendo con vehemencia.

—No es por él... es por mí, sólo por mí...

No dijeron más. El mundo pareció detenerse como si alguien hubiera pulsado el botón de *stop*. Un montón de pensamientos cruzaron por mi mente. Aunque era cierto que no conocía a mis padres biológicos, tampoco había sufrido una infancia terrorífica como la de Park. No podía cuantificar lo que él habría sufrido, pero creía poder imaginar los momentos tan dolorosos que había soportado. Me sentía avergonzado. Avergonzado por todas las veces que les había hablado de forma arrogante a Park, Choi, Oki e incluso a Noa.

"Nadie puede estar totalmente preparado para ser padre de antemano".

"La libertad para elegir padres recae completamente en nosotros ¿cierto?".

Los latidos de mi corazón empezaron a calmarse. Sentí una ráfaga de aire gélido cruzar por mi pecho. De la misma forma en que la gente de fuera no entendía los centros NC, yo había vivido confinado del exterior por mi propia barrera, convencido de que no había nada más allá de ella. Hasta ahora, había estado juzgándolo todo con esa estrechez de miras.

Mientras miraba la pared vacía, que parecía un papel en blanco, me vino a la mente un campo nevado. Me preguntaba en qué habría estado pensando Park mientras miraba el mar con ojos ausentes. ¿Se habría imaginado sus olas acogiendo a los niños en su seno? ¿O quizás olas violentas desgastando los contornos de una isla solitaria?

Sentí que finalmente entendía por qué Park tenía unos estándares altos en cuanto a los padres preadoptivos que visitaban el centro. No quería que otros sufrieran lo mismo que él. Los recuerdos de un padre maltratador atormentan a la gente el resto de sus vidas. Puede que esos recuerdos fueran incluso peores que tener que vivir con la etiqueta de ser un NC. Park era una persona fuerte. Podía darme cuenta sólo con ver el tipo de adulto honrado en que se había convertido. No debía haber sido fácil para él. Habría sido imposible si no tuviera un corazón tan duro como el acero. Estaba seguro de que Park volvería al centro mejor que cuando se marchara. Después de todo, sabía exactamente cuál era su lugar en el mundo. Era más fuerte que nadie. Agarré el bolígrafo y empecé a escribir mi carta de disculpas, línea a línea, mientras pensaba en las caras de Oki y Noa. Hacía mucho tiempo que no escribía nada a mano. Historias y cosas que nunca había contado a nadie empezaron a fluir como granos en un reloj de arena.

8. ¿ESCUCHASTE EL RUMOR?

Había pasado un tiempo desde que Park se marchó. En el centro había tanto ajetreo como siempre. Muchos padres preadoptivos nos visitaban cada día. Los chicos se preparaban con esmero para las entrevistas con la esperanza de encontrar a alguien capaz de pintar sus vidas de un color totalmente nuevo, de pintar una familia de colores hermosos. A veces me quedaba mirando al edificio central. ¿Sobre qué habría hablado con su padre? ¿Él le habría suplicado a Park que lo perdonase? Park todavía no había regresado.

Choi trabajaba mucho más que antes, como si intentara compensar su ausencia. Incluso se quedaba los fines de semana para cuidarnos y supervisarnos. Y con cada día que pasaba, su rostro transmitía menos emociones. Casi se sentía como si estuviera convirtiéndose en otro Park. Oki había terminado su segunda entrevista con éxito y se moría de ganas por tener la tercera.

—Sus manos eran tan cálidas como esperaba. Y la abuela se tiñó el cabello. En la primera entrevista quería enseñarme qué aspecto tenía normalmente, pero ahora dice que quiere mostrarme una versión más joven de sí misma. Y el abuelo dice que ya está aprendiendo *windboard*. Sus amigos le dicen que es demasiado viejo para eso, pero dice que no le importa. Sólo necesita acordarse de tener cuidado. Dice que mientras utilice equipo de protección no hay problema. Ah, y la abuela me preguntó si había alguna otra comida que me gustase y no hubiera escrito en mi presentación personal. Dicen que están mucho más ocupados que antes, pero que les encanta.

Finalmente, Oki dejó de presumir y me miró:

—Perdona, estoy hablando demasiado ¿no?

Se estaba preocupando en vano de que yo estuviera celoso.

—Uf, sólo de pensarlo me da flojera. Si alguien me prestara tanta atención, creo que sentiría claustrofobia —dije con un escalofrío.

Oki parecía aliviado y la habitual ilusión volvió a su mirada.

—¿Por qué flojera? Lo hacen por mí, Janu. Tienes muchos prejuicios sobre los padres.

—Y tú demasiadas fantasías.

—¡¿Fantasías?! Todo lo que he dicho es verdad.

Y menos mal que lo era. Hasta yo podía sentir lo mucho que Oki les agradaba. Había que invertir mucho tiempo y energía para conocer a alguien. Y seguramente esa inversión era lo más importante en una relación entre padres e hijos.

—¿Y tú no cuentas nada de los tuyos? ¿Estás seguro de que te agradan? Cuéntame más.

Cierto, mi tercera entrevista con Hana y Haeoreum estaba a la vuelta de la esquina. No habían podido visitar el centro durante un tiempo debido a sus apretadas agendas, pero habíamos intercambiado varias grabaciones de holograma mientras tanto. Todavía no sabían elegir sus palabras con cuidado y opinaban sin filtro.

"Sabes, si nos convertimos en familia, nadie va a creer que seas nuestro hijo. Tu cara no se parece en nada a las nuestras. Tú tienes… ¿cómo decirlo?… un aire como de nobleza", había dicho Haeoreum en uno de los hologramas.

"No digas tonterías, ¿eso significa que nosotros tenemos caras de campesino?", había replicado Hana.

Seguramente ni se enteraron de que al escucharlos tuve que esforzarme por no escupir el café que me estaba tomando, porque me ganó la risa. Choi, que estaba conmigo ese día y miraba con resignación, tampoco pudo evitar reír con aquello. Cuando tuviéramos la tercera entrevista, podríamos hablar sin la presencia de ningún guardián. Ya estábamos cerca de terminar el proceso de adopción. En otras palabras, me encontraba en una encrucijada en la que tenía que decidir si aceptarlos o rechazarlos como mi familia. Si me marchaba del centro con Hana y Haeoreum, me darían un nuevo nombre, iría a una escuela y la etiqueta del centro NC sería borrada de mi historial. Si las cosas iban bien, tal vez incluso podría ir a la universidad.

—Lo haces porque te agradan, ¿no es así? Supongo que al final lograrás marcharte del centro antes que yo —dijo Oki.

Yo no estaba tan seguro de ello.

—Oh, ¿escuchaste el rumor?

—¿Qué rumor?

Oki, que estaba acostado moviendo sus piernas de un lado a otro, se incorporó y se sentó con la espalda recta.

—En uno de los centros había una chica a la que le dieron una entrevista, pero no le enseñaron el holograma de los padres preadoptivos antes. Ni siquiera le dieron ninguna información sobre ellos, pero decían que querían verla. La chica pensó que era raro, pero como los guardianes pusieron énfasis en que debía verlos, les hizo caso. Y cuando entró en la sala de entrevistas, la pareja rompió a llorar de inmediato.

—¿En serio pasó lo que creo que pasó?

—Vaya, lo entendiste muy rápido.

Oki volvió a tumbarse en la cama como si le hubiese robado la frase. Nunca me hubiera imaginado que algo así podría ocurrir en un centro NC, que los padres biológicos de alguien llegaran buscando a su hijo…

—¿No crees que eso sería extraño? —preguntó Oki mientras miraba al techo con los ojos muy abiertos.

—Quiero decir, si las personas que te han abandonado volvieran a buscarte.

Sólo de pensarlo se me erizó el cabello. Éramos hijos de la nación. Hasta que encontrábamos padres, era el gobierno quien nos criaba, educaba y cuidaba. Sabíamos que nuestros padres estaban en algún lugar allá fuera, pero se sentían más bien como los dinosaurios: algo que existió una vez, pero que había desaparecido de la faz de la tierra.

—Entonces, ¿al final qué eligió ella? —pregunté.

—¿A qué te refieres?

—¿Se fue a vivir con sus padres biológicos?

—Janu, con lo listo que eres, a veces pareces tonto. ¡Claro que se fue a vivir con ellos! ¿Por qué iba a quedarse alguien en un centro NC cuando podría estar viviendo con sus auténticos padres? Escuché que se marchó ese mismo día —dijo Oki.

—¿Qué? ¿Sin hacer una entrevista siquiera? ¿Sin pasar el mes viviendo juntos en la residencia? Espero que al menos no la hayan enviado sin escuchar su opinión primero.

—¿Qué más hace falta? Revisaron su certificado de nacimiento y habían ido a buscarla.

—Aun así, ¿irte con unos padres a los que has visto un día, pero de los que no supiste nada durante tantos años? ¿La dejaron ir sólo porque compartían genes, sin haber tenido tiempo para conocerse? —repliqué.

—Pues no lo sé, ¿qué más da?

No podía imaginar irme a vivir con alguien tan de repente, ni siquiera si se trataba de mis padres biológicos. Sería como intentar encontrar el camino en una ciudad nueva sin un multirreloj o un GPS.

—Si hubieras sido tú, ¿qué habrías hecho, Janu? —me preguntó Oki.

—No lo habría aceptado de ninguna manera.

—Tampoco creo que te hubieran permitido salirte con la tuya.

Los padres tenían todo el poder sólo por habernos dado a luz. Hasta tenían el poder de decidir si querían criarnos o arrojarnos a un centro NC. Por el contrario, nosotros no teníamos ningún poder.

"Es por mí, sólo por mí...".

¿Qué había querido decir Park con eso? Su padre, al que tanto había deseado la muerte, por fin estaba a punto de fallecer. ¿Por qué sufría tanto? ¿Significaba eso que un padre maltratador seguía siendo un padre? ¿Acaso lo único que importaba eran los lazos sanguíneos?

—Le hablé de ti a los abuelos. Les dije lo gruñón, irritable y malo que eres.

—Olvidaste decirles que también soy guapo.

Oki me sacó la lengua.

—En realidad, creo que les encantaría conocerte.

A Oki le gustaba presumir de la gente que le importaba. Yo no lo mostré, pero estaba contento de que les hubiera hablado de mí. Deseaba que aquellas dos personas le tuvieran tanto cariño a Oki como él les tenía a ellos. Oki silbaba mientras subía las piernas y las dejaba caer. Siguió mirando atentamente al techo como si estuviera pensando mucho en algo.

En las entrevistas no podían entrar más de cuatro personas. Es decir, un NC, los padres preadoptivos y un guardián. Por supuesto, la otra vez yo había estado en una entrevista con dos guardianes, pero se había tratado de una circunstancia especial.

—Entra.

Observé a Oki y a la pareja anciana con la mirada perdida. Ésta era la entrevista de Oki. ¿Qué hacía yo allí también?

—Ven, toma asiento —dijo Choi señalando una silla.

Cuando ella me pidió que yo también entrara, me sentí confundido. Sabía que Oki estaba en mitad de su entrevista. Le pregunté a Choi por qué, pero ella solamente me dijo: "Sólo ven, ahora".

Fui corriendo a la sala de entrevistas. Dentro estaba Oki con las dos personas que se convertirían en sus padres. Ambos me miraron con una ligera sonrisa.

—Janu, ven, siéntate rápido. Es una petición especial que le hice a la guardiana. Es un secreto, no se lo cuentes a nadie.

Saludé a la pareja con una reverencia y me senté, vacilante.

—Tú debes ser Janu —dijo la mujer—. Eres tan guapo como Oki nos había dicho. También hemos oído que eres inteligente y que lees muchos libros. Nuestro pequeño Oki siempre presume sobre lo mucho que le ayudas con sus estudios y cómo cuidas de él como si fuera un hermano menor.

Oki sonrió con orgullo cuando ella dijo "nuestro pequeño Oki".

—Oki también me habló mucho sobre ustedes. No tenía idea de que nos encontraríamos de esta forma… Creo que él los hará sentir orgullosos. Es muy amable y alegre. Vivir con él me ha dado mucha energía positiva.

Alguna vez leí que las caras de las personas revelan sus personalidades con la edad. Las patas de gallo que rodeaban los ojos de la pareja mostraban que sonreían a menudo. Los nudillos protuberantes mostraban su honradez, y la ropa gastada, pero pulcra y planchada, su modestia. La calidez con la que decían "nuestro pequeño Oki" significaba que ya lo veían como a su nieto.

—Tenemos un pequeño negocio —dijo el hombre—. Muchos de nuestros empleados son antiguos NC. No se lo contamos al resto. Nos asusta que puedan discriminarlos. Nos contaron todo sobre este centro. Gracias a ellos pudimos conocer a este chico tan encantador.

El hombre sonrió.

—Estamos muy contentos de que Oki tenga a un hermano mayor que cuida de él. Nos ha dicho que también estás en proceso de adopción. No sé qué tipo de gente sean, pero viendo lo guapo e inteligente que eres, estoy seguro de que te apreciarán mucho.

—Gracias —dije mientras inclinaba ligeramente mi cabeza hacia ellos.

—Bueno, espero que nos podamos ver fuera del centro en un futuro próximo, con tus nuevos padres.

Cuando salí de la sala de entrevistas Choi me estaba esperando.

—Has infringido dos reglas —le dije a Choi—. En primer lugar, los invitados no están permitidos en la sala de entrevistas.

Choi se cruzó de brazos y sonrió, como animándome a continuar.

—La segunda es que los NC no se deben quedar a solas con los padres preadoptivos en la sala de entrevistas.

—Me atrapaste, infringí las normas.

—Se lo diré a Park cuando regrese.

Choi me dedicó una sonrisa cansada cuando mencioné a Park.

—Buen trabajo, ahora vuelve a los dormitorios.

—Sobre el director...

Choi, que ya se dirigía la puerta, se giró y me miró.

—Estará bien, ¿verdad? —pregunté.

Choi asintió sin decir nada.

—Va a regresar, ¿cierto?

—Claro, no tardará mucho.

Si Park hubiera estado aquí, jamás habría accedido a la petición de Oki, porque nadie sabe qué tipo de situación confusa pudiera desencadenarse. Pero pensar en Park me hizo sentir un gran pesar en el corazón. ¿Cuándo terminarían sus vacaciones? Me quedé mirando la puerta de la sala por un instante, después me dirigí a mi cinta transportadora.

9. TE ESPERARÉ, AMIGO

El otoño había pasado y estábamos en pleno invierno. Los hologramas de árboles que rodeaban los muros del centro estaban verdes como siempre, pero los árboles plantados en las pistas de deporte ya estaban desnudos. Al caminar, podía escuchar los crujidos de las hojas secas bajo mis pies.

—Lo siento mucho. Sé que es una entrevista muy importante, pero vine sola —dijo Hana rascándose la cabeza, con expresión avergonzada.

Yo sonreí y sacudí la cabeza.

Como ya habíamos intercambiado varios hologramas, ahora teníamos un trato más cercano y, sin darme cuenta, había empezado a llamarlos por sus nombres de pila. Haeoreum se había contagiado de gripe y no se permitían visitantes con fiebre en el centro. Los centros eran estrictos en protegernos de las enfermedades contagiosas del exterior. Haeoreum no podría visitar el centro hasta que no se hubiera recuperado por completo. Cuando Choi me dijo que tendríamos que posponer la entrevista, le dije que me gustaría encontrarme con Hana, sólo nosotros dos. Por suerte, Hana estuvo de acuerdo.

Hoy era el día en que se me permitía hablar con los padres preadoptivos sin un guardián supervisando la entrevista. Podíamos hablar de cualquier cosa, incluso de cosas que no habíamos podido decir por la presencia de los guardianes, pero ahora que caminaba junto a Hana me sentí extraño. Como caminaba a su izquierda, ella cambió el bolso que llevaba al hombro a su lado derecho. El viento era frío, pero refrescante.

—¿Cómo has estado en este tiempo? —pregunté.

Hana mostró una sonrisa agradable al oír mi pregunta.

—He estado queriendo ponerme a escribir, pero no es tan fácil como había pensado. A pesar de todo, siento que ahora tengo la mente más abierta. Me encanta leer y escribir, pero ahora que es mi trabajo resulta muy estresante. Estuve publicando por entregas una novela por mi cuenta, pero hace unos días un editor me llamó preguntando si quería publicarla con ellos.

—¿En verdad? ¡Felicidades!

—Sé que debería estar contenta, pero me da un poco de miedo.

—Estoy seguro de que lo harás bien.

No tenía idea de qué tipo de vida había tenido Hana hasta ahora. Sólo podía imaginarme su vida a partir de las pocas cosas que me había contado. Quizá podría entenderla mejor si leía uno de sus libros.

—Por cierto, ¿ya pensaste en un nombre? —preguntó Hana.

¿Un nombre? Miré a Hana confundido.

—Necesitarás uno cuando abandones el centro —añadió Hana.

—Ah, cierto...

Algunos NC decidían sus nombres antes de conocer a sus padres. Había incluso quienes se dedicaban a pensar nombres bonitos y únicos en su tiempo libre. Algunos buscaban nombres en alfabeto coreano, mientras que otros buscaban caracteres chinos con significados bonitos. En cuanto dejábamos el centro, nuestros antiguos nombres (Janu, Oki, Noa, Juno, etcétera) desaparecían. Y, por supuesto, con ellos también lo hacía el número que teníamos asignado. Era como si fuésemos recién nacidos que acaban de salir del útero de la madre y, una vez cortado el cordón umbilical, respiran por primera vez por su cuenta. Dábamos nuestros primeros pasos en el mundo con un nombre nuevo.

—Te envidio —dijo Hana.

—¿Por qué?

Hana observaba el bosque de hologramas a lo lejos.

—Tienes la posibilidad de elegir tu propio nombre. No es lo mismo que cambiarlo.

—...

—A mí no me gustaba mi nombre. De pequeña, solían burlarse de mí porque suena igual que el número uno en coreano. Cada vez que el profesor de gimnasia gritaba "uno, dos, uno, dos", los demás niños se volvían para mirarme y reían.

Nunca había pensado mucho sobre los nombres. Después de todo, como un NC, mi nombre se decidía en función del mes en que había nacido. Ahora que lo pensaba, parecía que para la gente de fuera de los centros no era tan diferente. Les gustase o no, sus padres decidían sus nombres y la mayoría vivía con esos nombres el resto de su vida. Un nombre no refleja nada sobre las opiniones de esa persona.

—Me recuerda a eso que mencionaste en nuestra primera entrevista —dije.

—¿A qué te refieres? —preguntó Hana con curiosidad.

—Dijiste que prepararla te había hecho pensar en tu madre. ¿Puedo preguntar a qué te referías con eso?

Hana miró al suelo helado con una expresión amarga. Si quisiera ocultar su pasado, no habría sido ella la que sacara el tema. Por eso pensé que no había problema en preguntar.

—De pequeña, mi madre siempre estaba junto a mí. Era como mis extremidades. Hasta los nueve años tenía que llevarme en brazos al baño, porque yo estaba muy enferma. Siempre estaba preocupada por mí e intentaba hacer cosas buenas para mi salud. Por eso me obligó a ir al ballet. Quería asegurarse de que aprendiera a mantener el equilibrio y buenas posturas. Me conseguía cualquier cosa que pensara que sería buena para mi cuerpo o mi mente.

Me pregunté cómo sería tener una madre que se convertía en los brazos y piernas de uno. La madre de Hana había hecho todo lo que había podido por ella, pero aun así, ella se veía escuálida.

—Mi madre me dio la mejor educación posible. De hecho, nunca tuve problemas con ella. ¿Cómo podría haberlos tenido? Antes de poder pensar o preguntar nada, ella ya tenía toda mi vida planeada: qué debía hacer, qué estudiaría, la ropa que me pondría, etcétera. El futuro de mi madre era el mío.

Empecé a comprender por dónde iba Hana. Su madre había atado distintas cuerdas a su cuerpo y la había controlado como a una marioneta.

—Por supuesto, yo pensaba que todo eso era amor materno. Solía ir al colegio para recogerme incluso los días en que sólo lloviznaba. Todos los niños estaban celosos de mí, pero no tardé en darme cuenta de cuál era la esencia de su amor.

La palabra *esencia* me resultaba poco familiar. ¿Acaso no era el amor en sí mismo la esencia del amor? ¿Cómo podría haber otro motivo del amor de una madre por su hija?

—¿La esencia? —pregunté.

Hana soltó una risita.

—Mi madre creció en un hogar pobre. Debido a eso, nunca pudo tener o hacer todas las cosas que le hubieran gustado. La razón por la que me ponía vestidos bonitos con volantes y brillantes zapatos de charol no era porque me adorara como a una princesa.

Hana se detuvo un instante y continuó en un tono de voz gélido:

—Simplemente quería obtener su propia satisfacción, realizarse a través de mí.

Me sorprendió ver una expresión de compasión en el rostro de Hana, que no había podido ocultar. Ajusté mi paso al suyo sin responder nada. Una brisa fría me golpeó el rostro. Pude comprobar que Hana sentía más lástima por su madre que resentimiento. Sé que algunos padres intentan conseguir las cosas que no pudieron y los sueños que no cumplieron a través de sus hijos. Sin embargo, son sólo sus propios sueños. Por más que la madre de Hana anhelase el mejor ambiente y educación para ella, ése era sólo su sueño y Hana era una persona completamente diferente de ella, con sueños propios. Hana, que se había quedado inmersa en sus pensamientos durante un momento, sonrió antes de volver a hablar:

—Cuando pasé por la pubertad y fui cambiando de grado escolar, empecé a hacerme preguntas. ¿En verdad me gustaba ir a ver obras con mi madre? ¿Me gustaba ir a las actividades extraescolares a las que ella me había apuntado? ¿Me gustaba hacer ejercicio con ella? ¿No sería más divertido estar leyendo un libro a solas o pasar el tiempo inmersa en mis ensoñaciones?

A partir de cierto momento, Hana se sintió asfixiada de vivir tras la larga sombra de su madre y ese "es por tu bien" que ella solía decirle empezó a sentirse como una forma de opresión.

—Mi madre quería que me convirtiera en diplomática. Quería que viajara libremente por el mundo, a todos esos países que ella no había podido visitar. Cuando me di cuenta, supe por qué me había obligado a estudiar tantos idiomas desde pequeña. Para ella, yo era un instrumento a través del cual podría cumplir sus sueños.

Seguramente, hay muchos niños que se convierten en instrumentos para cumplir los sueños de sus padres y no los suyos. Y en algunos casos, incluso sin ser conscientes...

De pronto, recordé otra historia que me había contado Hana.

"Al final, esas cosas que pensaba que me habían hecho quien soy, en realidad habían sido creadas sin mi conocimiento.... No tenía ni idea de cómo había sido criada antes de que mis recuerdos empezaran a formarse".

Encontrarse a uno mismo siempre lleva mucho tiempo, sin importar quién sea uno. Después de todo, las cosas que te han hecho quien eres están en el exterior. Yo tampoco era diferente. Todas las cosas que yo creía que me habían hecho quien soy tal vez habían sido creadas por el sistema especial de los centros NC. Me llevaría mucho tiempo y esfuerzo conocerme a mí mismo, del mismo modo que ocurre cuando uno se hace amigo de un extraño.

—Tardé mucho tiempo en separarme de mi madre. Por supuesto, ella se sintió muy traicionada cuando se percató de lo que yo estaba haciendo. Había pasado la vida sacrificándose por mí, pero yo creía que ya no necesitaba una madre. Cuanto más lo pensaba, más caminaba en dirección a una vida que no fuese la de mi madre, hasta que, sin casi notarlo, tuve la edad para independizarme. Me pareció un cambio totalmente natural, pero me di cuenta de algo importante.

—¿De qué te diste cuenta?

—De que de la misma forma que yo necesitaba independencia psicológica y económica de mi madre... ella también necesitaba independizarse de mí.

Yo pensaba que independizarse significaba que los hijos dejaban a sus padres y vivían por su cuenta, pero no se me había ocurrido que quizá los padres también necesitaban esa independencia, como decía Hana. Y la verdadera independencia para ellos era ver con alegría cómo los hijos vivían por su cuenta, y no con una sensación de traición.

Me puse a andar de nuevo. Hana caminaba a mi lado manteniendo cierta distancia. Tal vez la familia es gente a la que observamos desde una distancia. En otras palabras, personas que están lo suficientemente cerca para verlas, pero lejos para mantener una conversación. Como una especie de distancia emocional entre padres e hijos. Podíamos vernos, pero no hablar. Al escuchar a Hana, empecé a entender a su madre. Y eso me hizo sentir tristeza. Quería que su hija fuese diplomática y cumpliera su sueño de viajar por el mundo. Pero ¿acaso no era más importante la felicidad de su hija a que se convirtiera en diplomática? Por más que la postura de Hana no fuera correcta o que no se le dieran muy bien los idiomas, me pregunto si su madre no debería haber pensado que era suficiente con que fuera feliz.

—En la clase de ciencias aprendí sobre la fricción —mencioné—. La fricción es la fuerza entre dos objetos que entran en contacto y que siempre actúa en dirección opuesta al movimiento.

—Lo siento, no se me dan bien las ciencias —dijo Hana levantando las manos en señal de rendición.

—Creo que también existe la fricción entre los corazones de dos personas —expliqué.

(Como ocurre con los miembros de una familia cuando están demasiado cerca.)

—Supongo que alguien que comprenda el principio de la fricción podría evitarla, ¿no es así? —preguntó ella.

—Pero la teoría y la práctica son cosas diferentes, ¿no crees?

Hana y yo nos reímos al mismo tiempo. Sopló una brisa que desordenó nuestros cabellos. La sonrisa de Hana transmitía tranquilidad y parecía bastante confiada en su decisión de dedicarse a escribir.

—No será fácil convivir con un hijo como yo, que ya ha crecido —le dije.

—Lo sé.

Hana se encogió de hombros mientras metía las manos en sus bolsillos.

—Lo platiqué con Haeoreum. ¿Podrían dos personas sin experiencia como nosotros convertirse en buenos padres para ti? La verdad, no estoy segura. Creo que te decepcionaríamos.

—Yo también podría decepcionarlos —respondí.

Hana dibujó una expresión en el rostro que parecía querer decir: "Quizá tengas razón".

—He estado pensando sobre lo que significa ser padres. Padres de un chico joven como tú. Lo estuve hablado con Haeoreum... ¿De verdad tendríamos que ser tus padres? ¿No sería suficiente con que fuéramos amigos? Después de todo, los adolescentes necesitan más a sus amigos que a sus padres, a alguien con quien hablar que no sea su padre o su madre.

Hana se detuvo un momento antes de proseguir:

—Conocí a mis mejores amigos en el bachillerato. A esa edad solíamos emocionarnos por cualquier asunto sin importancia. Nos reíamos e inventábamos rumores sobre las cosas más tontas. Ahora, con tan sólo verles la cara, puedo saber cómo se sienten, pero no puedo olvidar la extrañeza que sentíamos antes de ser amigos. Nos llevó tiempo aprendernos los nombres y conocernos. En ese proceso también tuvimos muchas peleas. Hubo veces en las que me decepcionaron e incluso pensé en acabar la amistad, pero al final llegamos a entendernos mejor que nadie en el mundo.

Hana se giró hacia mí.

—Hay momentos en los que nos sentimos felices de ser familia y otros en los que nos arrepentimos —continuó—. Seguro que a ti también te ocurre. Pero eso cambia con el tiempo. Seremos lo suficientemente cercanos para saber qué le ocurre al otro sólo con mirarnos a la cara o escuchar nuestras voces. Tomará tiempo llegar a ese punto. Justo del mismo modo que me pasó con mis amigos y también del mismo modo que ocurrió cuando me casé con Haeoreum.

—¿Los dos quieren que esté con ustedes? —pregunté.

Hana asintió sin un atisbo de duda.

Escuché unos pájaros a lo lejos.

—Si no quisiera, ¿por qué estaría aquí? —respondió—. ¿Y tú, Janu? Cuando terminemos la entrevista, ¿te gustaría pasar el mes de convivencia con nosotros?

Después de terminar la tercera entrevista y completar la estancia en la residencia, podría abandonar el centro y mudarme a la casa de Hana y Haeoreum. Y, por supuesto, las letras NC desaparecerían de mi identificación. Sin embargo...

—Lo siento, terminaremos con la entrevista de hoy. No haré la convivencia.

Hana me miró bastante sorprendida, pero no estaba seguro de si era porque la estaba rechazando o porque se lo había dicho directamente y no a través de los guardianes. Pero como ésta sería la última vez que nos veríamos, quería decírselo en persona. Puede que ése fuera el motivo por el que había accedido a la tercera entrevista.

—No debería sorprenderme —dijo Hana con una amarga sonrisa—. Fui estúpida al pensar que un chico tan brillante como tú querría vivir con gente como nosotros.

—No, de entre todas las entrevistas que he tenido ustedes han sido los mejores. Quería decírtelo en persona. Si lo hacía a través de los guardianes, me daba miedo de que no se transmitiera mi sinceridad —Hana me miró confundida—. Todavía no quiero abandonar este lugar. Tengo cosas por aprender y experimentar. Lamento no habértelo dicho antes. La razón por la que continué con las entrevistas es que de verdad quería escuchar su historia: la tuya y la de Haeoreum. No es porque haya cambiado de opinión ni porque les estuviera tomando el pelo.

Me volví hacia Hana e hice una reverencia educada.

—Las entrevistas contigo me hicieron pensar mucho —dijo Hana—. Incluso antes de terminar esta entrevista, me he dado cuenta de que hay un montón de malos hábitos que debemos corregir. Esto es muy diferente de elegir si se tiene o no un bebé. Creo que necesitamos tiempo para aprender y reflexionar. De hecho, creo que somos nosotros los que deberíamos darte las gracias.

Hana me guiñó un ojo. Como esperaba, me comprendió a la perfección. Y a diferencia de lo que pensaban los guardianes, ellos no eran inmaduros. Tampoco eran inestables ni les faltaba experiencia. Mientras me entrevistaba con ellos, lo había sentido en mi propia piel. Me había dado cuenta de lo difícil y complejo que es formar esa sociedad llamada familia.

—Pensé que era una buena idea traer esto hoy —dijo Hana sacando algo de su bolsa—. Hoy podemos intercambiar regalos, ¿cierto?

En la mano de Hana había un dibujo enmarcado. Se trataba de un retrato mío en el que aparecía con una gran sonrisa. Me dijo que lo había pintado Haeoreum.

—Me pidió que te lo diera al salir de casa esta mañana. Y no estoy segura de si está permitido que diga esto...

Hana echó un vistazo a su alrededor y luego susurró:

—Dentro, está nuestro número de teléfono y la dirección de casa. Haeoreum los apuntó para ti.

No se nos permitía intercambiar ese tipo de información, sobre todo si yo decidía no proseguir con la adopción. Números de teléfono, direcciones, correos electrónicos... todo eso estaba estrictamente prohibido.

—¿En verdad puedo ir a visitarlos cuando me gradúe del centro?

—Claro, ahora somos amigos, ¿no es así?

Hana dibujó una sonrisa traviesa y añadió:

—¡Mucho más cercanos que si fuéramos padres!

Abracé contra mi pecho el retrato que había dibujado Haeoreum. Casi podía sentir la calidez a través del marco.

Pensaba que sólo habíamos dado un paseo corto, pero ya llevábamos más de dos horas caminando. El hecho de que el tiempo hubiese pasado tan rápido significaba que la estábamos pasando bien.

Cuando regresamos al edificio, Choi me miró con una mezcla de preocupación y expectación.

—¿Disfrutaron el paseo?

—Sí —dijo Hana guiñándome un ojo.

—¿Y tú, Janu 301? —preguntó Choi mirándome.

—Yo también.

Mientras miraba a Hana, una sonrisa se dibujó en la comisura de mis labios.

—En ese caso... —empezó a decir Choi mientras se nos acercaba.

Eso significaba que era la hora de despedirnos. Hana y yo nos miramos el uno al otro.

—Te informaremos pronto del siguiente paso —añadió Choi.

Hana asintió.

—Adiós —dijo Choi.

A pesar de la despedida de Choi, Hana se quedó ahí sin moverse, dedicándome una mirada tierna. Era como si quisiera decir "no te olvidaré". Cuando Choi se aclaró la garganta, ella volvió en sí y preguntó:

—Bueno... ¿deberíamos darnos un abrazo?

Dejé el retrato que tenía en la mano y Hana me dio un fuerte abrazo. Podía escuchar los latidos de su corazón.

—Te estaré esperando, amigo —dijo.

Yo asentí. Nunca había abrazado a un preadoptivo. Después de todo, nunca había llegado a la tercera entrevista, y sólo en esa fase se permitían los abrazos. Hana era la única adulta con la que había paseado a solas y la única que me había dado un abrazo. En realidad, más que una *adulta*, era una amiga.

Hana volvió la vista con expresión de decepción antes de cruzar finalmente la puerta. Choi se giró hacia mí y ladeó la cabeza con gesto de curiosidad.

—Nunca te había visto así —dijo.

—¿Así cómo?

—Sonriendo tan contento. Creo que es la primera vez que te abres tanto con unos padres preadoptivos.

Observé el retrato que había dejado en la mesa. A Haeoreum debía haberle llevado mucho tiempo dibujarlo. La habilidad no era cuestión de cuánto talento tenía uno, sino de continuar sin darse nunca por vencido. Era como esas familias que nunca se rompían a pesar de las peleas diarias o el dolor. O quizá fuese algo más allá del concepto de familia.

Choi estaba observando su multirreloj, claramente buscando información sobre la residencia para la convivencia.

—Ahora mismo hay diez chicos haciendo convivencias con los padres preadoptivos. ¿Cuándo te gustaría...?

—No voy a hacerlo.

Choi me miró atónita.

—¿Cómo? ¿Te escuché bien? Hace un momento tenías una sonrisa de oreja a oreja, ¿me perdí de algo?

—Tu oído y vista funcionan a la perfección.

—¿Dijo algo raro mientras paseaban?

—No, el paseo fue genial. Ya te dije que no ocurrió nada.

—Entonces, ¿dónde está el problema?

—No hay ningún problema. Son buenas personas. Es una pena que no haya podido venir él también.

Choi frunció el ceño como si le doliera la cabeza.

—Janu, ¿es que no ves lo ocupada que estoy?

Después de que se marchara Park, Choi necesitaba planificar cada minuto de sus veinticuatro horas diarias. Tenía que programar los chequeos médicos de los chicos, revisar las solicitudes de padres preadoptivos, agendar las entrevistas y ayudar a los estudiantes a grabar sus hologramas. Y Choi no era la única que estaba hasta el tope de trabajo. Así que sabía muy bien que no era el momento de andar jugando con los guardianes.

—Entonces, me marcho ya —dije.

Choi todavía seguía con una expresión de interrogación en el rostro.

—El Janu 301 que conozco jamás haría o diría algo que no pensara. Ni siquiera dabas una palabra de cortesía a los padres preadoptivos que solicitaban volver a verte. Oí como dijo: "Te estaré esperando, amigo", y tú asentiste. ¿De qué se trató todo eso?

—Yo no estaba mintiendo.

—¿Entonces?

Choi arqueó las cejas.

—Nunca se sabe. Quizá podamos ser amigos en el futuro. Incluso amigos con una relación mucho más cercana que la que uno tiene con sus padres, ¿no?

—Janu.

—¿Qué?

Choi dejó escapar un largo suspiro.

—Sé muchas cosas sobre ti —me dijo—. El día y hora en que llegaste al centro, tu estatura, peso e incluso tu densidad ósea. Sé lo que sueles hacer los fines de semana, quiénes son tus amigos más cercanos y hasta podría echar un vistazo a todos los libros que has leído si quisiera, pero...

Quizás incluso sabía las cosas que decía cuando hablaba en sueños. Sólo de pensarlo me pareció aterrador.

—En realidad, no sé nada sobre ti —concluyó Choi.

Yo también sentía que era un extraño para mí mismo.

—Mmm... yo tampoco me conozco.

—Supongo que me estás dando más tiempo para conocerte —dijo Choi sonriendo de repente.

—Yo también me siento igual.

Me despedí de Choi inclinando la cabeza, tomé el retrato y lo apreté contra mi pecho. Era lo único que quedaba de nuestras entrevistas. Todavía podía sentir su calidez a través del marco. La calidez del abrazo de Hana.

10. LOS HIJOS

—¡Tienes que estar bromeando! ¿Estuviste tomándoles el pelo a los guardianes? ¿Llegaste hasta la tercera entrevista y ahora lo dejas? ¿Y por qué aceptaste ese regalo? ¡Explícame! —exclamó Oki señalando el retrato.

Desde que había colgado el retrato en la pared, el ambiente en la habitación parecía haber cambiado. Justo como Hana me había dicho, al abrir un poco la parte trasera del marco encontré la información de contacto que habían escrito en secreto.

—Oki, cálmate y habla más despacio.

—¿Es porque cometieron algún error? ¿Te preguntaron algo raro?

Oki seguía disparando preguntas, frustrado.

—Ya les di mi respuesta. Déjalo, Oki. Estoy cansado.

—Van a sentirse conmocionados cuando los llamen. ¿Cómo pudiste dejarlos después de la última vez que te entrevistaste con ellos?

—No es eso. Ellos...

Estaba a punto de explicárselo, pero me detuve. Oki miró el retrato en la pared con una expresión sombría.

—Puf, no se parece en nada a ti.

Ése era el primer regalo que recibía de unos padres preadoptivos. Simbolizaba la valiosa promesa de que me aceptarían como amigo una vez que me graduara del centro. Oki seguía enfurruñado.

—¿Alguna vez has sonreído de esa forma, Janu? Eres más como un erizo —exclamó Oki.

—Sigue hablando y puede que te pinches con mis espinas.

Me levanté de un salto y me acerqué a Oki. Él soltó un bufido.

—¿Vas a pegarme? Te denunciaré por violencia —dijo.

—Tranquilo, todavía no te he golpeado.

—Sabes que es verdad eso de que tienes espinas.

Definitivamente, Oki se había vuelto más obstinado en los últimos meses. Eso era bueno para él, ya que dentro de poco abandonaría el centro y estaría viviendo en un entorno desconocido con extraños, un lugar sin guardianes que cuidaran de él y lo regañaran cuando hacía algo mal. Sería un nuevo comienzo para él.

Le aloboroté un poco el cabello con la mano.

—¿Por qué me mientes? —le pregunté.

—¿Cuándo te he mentido? —respondió.

—Me dijiste que esa pareja mayor eran buena gente.

Oki abrió mucho los ojos cuando mencioné a los que pronto serían sus padres.

—¿Cómo? ¿Escuchaste algo sobre ellos? ¡Los guardianes no me han dicho nada! —dijo sobresaltado.

Estaba tan sorprendido que incluso tartamudeó. Claro, ¿cómo no iba a estarlo? En este momento, él sólo podía pensar en esa pareja.

—Dijiste que eran muy buenas personas —insistí.

Oki tragó saliva.

—¿Acaso no lo son? —preguntó.

—No parecían buena gente —dije.

Oki esperó a que continuara, con una expresión de terror en el rostro.

—En realidad, son *muy muy* buena gente.

—¡¡Janu!! No me asustes así.

Oki me pegó un puñetazo en el brazo, enfadado. Sus puños eran mucho más firmes que antes.

—¡Voy a denunciarte por violencia! —grité.

—¡Mira el susto que me diste! Casi me da un ataque al corazón.

—Pero, Oki...

Oki me miró haciendo pucheros.

—En este mundo, no hay nadie bueno de principio a fin. Si alguien te pide que estés radiante y contento siempre, ¿crees que serías capaz de hacerlo?

Oki sacudió la cabeza sin responder.

—Entonces, no les pidas algo que tú tampoco puedes lograr. Igual que nosotros tenemos pequeñas peleas, habrá cosas en las que ustedes no estén de acuerdo. No esperes que todo sea perfecto. Y tampoco pienses que podrás enseñarles sólo tu lado bueno todo el tiempo. De otro modo, será difícil para tus padres y para ti.

—Ya lo sé. Me lo enseñaron los guardianes.

No todos los días del año podían ser despejados y soleados. Además, ¿quedaría alguna planta si no hubiera días nublados y lluviosos? El mundo sería un desierto. Los padres preadoptivos de Oki eran buena gente. Era un tipo de suerte poco frecuente en nuestro mundo. Oki nunca se había sentido decepcionado por sus padres preadoptivos. Nunca había dudado de ellos, pero un día aprendería que las cosas no siempre salen como queremos. Después de todo, la sociedad es más irracional de lo que pensamos. Tenía la esperanza de que Oki fuera feliz allá fuera.

—Me dijiste que tienen un hijo, ¿cierto? —pregunté.

Oki asintió.

—Como él siempre ha tenido a sus padres desde que nació, seguramente está acostumbrado a recibir sin dar nada a cambio, ¿no es así?

El desayuno en la mesa por las mañanas al despertarse, la ropa y los uniformes escolares limpios y doblados al abrir el armario, y el aroma a comida caliente al abrir la puerta de casa al regresar por la noche… Probablemente daba todo ello por sentado. Igual que nosotros creíamos que los guardianes siempre estarían a nuestro lado, aun tras convertirnos en adultos.

—Nunca te olvides de ser agradecido ni tampoco de que tal vez ellos estén tan sedientos de cariño como tú.

—Janu, ése es tu problema —dijo Oki chasqueando la lengua—. ¿Cómo vas a encontrar padres si te preocupas tanto?

La única relación que teníamos con las personas con las que decidíamos marcharnos eran unas pocas entrevistas y un mes de convivencia en una residencia. Y, aun así, una vez que pasaba ese corto periodo, nosotros nos convertíamos en sus hijos y ellos en nuestros padres. Pero la razón por la que podíamos convertirnos en una familia no era el tiempo que habíamos pasado juntos, sino una conexión invisible. Quizá lo que estábamos esperando no fueran los mejores y más competentes padres. Quizá tan sólo buscábamos a alguien con quien pudiéramos sentir una conexión, como si se tratara de una especie de cordón umbilical misterioso.

—Janu, ya casi cumples dieciocho. Ya sabes que si no conoces pronto a tus padres...

Puse mi dedo índice sobre los labios de Oki y le dije:

—Shh, nunca se sabe. Las personas correctas podrían aparecer mañana mismo.

—Janu, cualquiera se sentiría orgulloso de que fueras su hijo. No entiendo cómo sigues aquí.

—Oki, ¿entiendes ahora por qué registré solamente mi voz en el sistema de reconocimiento de la habitación? Fue porque estaba seguro de que te marcharías antes que yo.

—Janu —murmuró Oki al borde de las lágrimas—, eres tú al que más voy a extrañar.

Quise decirle que nos veríamos pronto, pero, aunque esa expresión era común en el mundo exterior, para nosotros era algo casi imposible. Una vez que salíamos del centro, era difícil que nos volviéramos a encontrar. Los multirrelojes que llevábamos en la muñeca eran diferentes a los que tenía la gente en el exterior. Sólo se conectaban a la red privada del centro y no servían en el mundo real. Por eso teníamos que entregarlos cuando nos marchábamos. Los chicos que conseguían borrar su pasado como NC, nunca volvían la vista atrás si podían evitarlo.

—Hey, tampoco es que ya te vayas mañana, ¿cierto? —le dije—. Todavía te quedan algunos pasos. Quién sabe si en ese tiempo no podría surgir alguna variable. Además, nunca se sabe, podría ocurrirte como a Noa...

—¡Janu! No digas eso.

—Entonces, vete rápido. Sal y explora el mundo, conoce a gente nueva y ve a cualquier lugar que te apetezca. Ve a ese mundo en el que no te discriminarán.

Oki me miró con ojos llorosos mordiéndose el labio inferior.

—Me vas a hacer llorar.

—Sal y ten una buena vida, sé tan feliz que olvides por completo todo sobre este centro.

Ahora que sabía que pronto nos diríamos adiós, sentía un ardor en la garganta, como si hubiera tragado algo caliente. En momentos como éste, era importante sonreír. Después de todo, llorar no cambiaría nada.

De pronto, las luces de la habitación se apagaron con un pitido. Podía ver el contorno de Oki enjugándose las lágrimas en la oscuridad. El simulacro de incendio había empezado justo a tiempo. El pasillo se llenó del estruendo de la alarma y las conversaciones de los chicos que salían de sus habitaciones.

—*Arg*, ¡qué lata! —dijo Oki.

—Hey, éste probablemente será tu último simulacro. Todas las luces están apagadas, así que sígueme con cuidado y no te caigas como la otra vez.

Encendí la linterna de mi multirreloj. Oki me siguió. Teníamos simulacro de incendios una vez cada tres meses. La alarma sonaba, las luces en el dormitorio se apagaban y los pasillos se llenaban con un humo inocuo de entrenamiento. El humo era como una densa niebla, no pasaba nada por respirarlo, pero obstruía nuestra visión. Debido a eso, teníamos que depender de la linterna del multirreloj y de las luces de emergencia, y evacuar el edificio lo antes posible. Si tardábamos demasiado, los guardianes nos regañaban hasta entrada la noche. Todos dejábamos lo que estábamos haciendo, ya fuera ver películas, jugar o comer, y nos apresurábamos con dirección al auditorio. Los aburridos cursos de seguridad eran una tortura para nosotros, pero si queríamos reducir el dolor, debíamos hacer lo que nos decían los guardianes y evacuar el edificio lo antes posible. Mientras lo hiciéramos a tiempo y no hubiera ningún rezagado, nos ordenarían regresar pronto.

Escuché una voz familiar a través de la densa niebla. No había duda de que ese tono quejumbroso pertenecía a Noa. Tomé a Oki de la mano y caminamos detrás de Noa.

—Noa —dije colocando mi mano en su hombro.

Sorprendido de que lo alcanzara una mano en la oscuridad, soltó un chillido.

—Soy yo, Janu 301.

—Ah, Janu. ¿Vas a pegarme otro puñetazo? ¿Te pidieron los guardianes que te encargues de los problemáticos? —dijo Noa.

Al menos, era consciente de que era problemático pero, como le había dicho muchas veces, una cosa era saber la teoría y reconocerlo, y otra, hacer cambios en su vida.

—En realidad, no me importa. Si quieres pegarme, adelante. Un puñetazo por todos tus arándanos merece la pena —añadió.

Supongo que si alguna vez necesitaba volver a la sala de arrepentimiento, podría contar con su ayuda.

—A lo mejor la próxima vez —respondí—. Ahora mira con cuidado por dónde caminas.

Todos formaron una fila mientras se apresuraban escaleras abajo. Habíamos hecho tantos simulacros que la ruta de evacuación estaba impresa en nuestros cerebros. Nuestra educación ante emergencias no se limitaba a los simulacros de incendios. También sabíamos qué debíamos hacer en caso de terremotos, inundaciones, accidentes de tráfico y otras situaciones. Gracias a eso, nuestros cuerpos reaccionaban automáticamente en cuanto sonaba la alarma.

Los guardianes empezaron con el recuento en cuanto llegamos al auditorio. Cuando dijeron que faltaban dos, los demás empezaron a lanzar suspiros de irritación. Alguien estaba fastidiando a los demás y nos tocaría estar allí hasta tarde.

Los guardianes se comunicaron a través de los multirrelojes y pronto le informaron a Hwang que faltaban dos personas. Luego, lo vi asintiendo mientras hablaban, así que supuse que habían dado con ellos.

—Los dos que faltan están en la enfermería con un resfriado. Aun así, parece que completar la evacuación les tomó cinco minutos más que la última vez. ¿Saben lo mucho que podría extenderse un fuego en ese tiempo? Hay menos chicos en el centro porque muchos ya se marcharon. Así que, ¿cómo se explica este incremento en el tiempo de evacuación?

Parece que no nos libraríamos fácilmente. Ahora que Hwang tenía el micrófono, parecía a punto de comenzar un largo discurso sobre seguridad. Los guardianes también habían sido adolescentes en algún momento de sus vidas, deberían saber lo molestas que eran las reprimendas de los adultos, así que no entendía por qué siempre actuaban así, como si hubiesen bebido las aguas del río del olvido. ¿Me convertiré yo también en alguien así? Debería esforzarme por recordar esto cuando sea un adulto.

—Hwang es como la versión humana de un robot ayudante. Siempre con el mismo discurso —gruñó Noa.

—Creo que me voy a quedar dormido —refunfuñó también Oki.

En ese momento, la puerta del auditorio se abrió de repente. Todos estábamos mirando hacia la tarima y volvimos la vista atrás. La persona que había entrado en el auditorio era el director Park.

—¡Director Park! —gritó Oki.

Oki ya iba a empezar a correr cuando lo agarré del cuello de la camisa.

—¿Qué haces? ¡Suéltame! —se volvió hacia mí.

Por lo general, no lo habría detenido, pero esta situación... De todas formas, sólo pude retener a Oki. Park ya tenía a varios chicos a su alrededor abrazándolo. Sabía que se alegraban de verlo, pero no conocíamos su estado emocional. ¿No deberíamos evitar los abrazos precipitados?

Cuando vi que Park les devolvía el abrazo, solté un suspiro de alivio. De uno en uno, fui apartando a los chicos que se aferraban a él.

—*Arg*, qué vergüenza. ¿No podrían actuar de forma acorde con su edad? Déjenle espacio. El director acaba de llegar y seguramente estará muy cansado. Mañana podrán darle la bienvenida de la manera que quieran.

—No pasa nada, Janu 301 —dijo Park.

No solía mostrar emociones, pero el Park que tenía delante parecía más relajado y en paz que nunca. Por suerte, parecía que su viaje no había sido tan doloroso.

—¿Tuviste un buen viaje? —pregunté.

—Lamento haberme tomado tanto tiempo —dijo, mientras me dedicaba una vaga sonrisa.

—Me alegro de que estés de regreso.

Miré a Choi, que estaba parada sobre el escenario. Todos los guardianes se habían acercado a saludar a Park. Sólo ella permanecía inmóvil. Pero incluso desde donde yo estaba, podía ver una sonrisa en sus ojos. También sentí que podía escucharla decir: "Bienvenido de vuelta, *seonbae*".

Estábamos en lo más crudo del invierno, pero cuando el frío pasara, volvería la refrescante primavera con sus árboles verdes de verdad, no los hologramas.

11. ¿PUEDO HACER UNA ÚLTIMA PREGUNTA?

Muchos chicos terminaron sus convivencias y se marcharon del centro. Los asientos vacíos en el aula recordaban a un niño al que le faltan varios dientes delanteros. Todos deseábamos desesperadamente marcharnos con unos buenos padres.

—Voy a volver a hacer paint —dijo Noa con indiferencia, apoyado sobre su escritorio.

—Si no están mal, deberías decir que sí. Ya pronto vas a cumplir dieciocho —le recomendé.

—Tú tampoco estás para hablar —respondió—. De todas formas, tengo un plan. Mis nuevos padres recibirán subsidios adicionales del gobierno y pensiones. A cambio, yo podré tener citas con chicas e ir a jugar a las salas de realidad virtual todo lo que quiera, así que no me importa ceder. Estoy harto de las entrevistas. He decidido no tener muchas expectativas a partir de ahora. Además, no creo que los padres preadoptivos esperen mucho de mí tampoco. Y también he estado pensando que...

Noa había estado pensando bastante últimamente... no era muy propio de él.

—¿En qué has estado pensando? —pregunté.

Noa soltó una risita histérica.

—Cuando estaba fuera, me di cuenta de que los chicos que han sido criados por sus padres biológicos no son tan diferentes de nosotros. Hay casos de algunos que se llevan mal con sus padres o discuten mucho. Lo único que quieren es que sus padres dejen de regañarlos por las mañanas, de compararlos con sus amigos, de espiar su historial del multirreloj y que los dejen ir a las salas de realidad virtual al menos una hora al día. Eso es todo. En otras palabras, no hay mucho que esperar de los padres. ¿Te imaginas que unos padres tan estrictos visitaran el centro como preadoptivos? Nadie querría una entrevista con ellos. Sería un *no* inmediato.

Después de escuchar a Noa, me di cuenta de que elegir a nuestros padres adoptivos era como tener un bebé. Incluso aunque no esperen que sea un genio, los padres desean que su hijo pueda ser al menos más inteligente que la mayoría. No pasa mucho tiempo hasta que esa ilusión desaparece como un espejismo. A medida que los hijos entran a la escuela y van avanzando, los deseos de sus padres cambian. Se vuelven más sencillos. Sólo quieren que crezcan saludables y vivan con normalidad.

Eso no es muy diferente de lo que nosotros esperábamos de nuestros padres adoptivos. Al principio, queríamos padres perfectos que nos quisieran, tuvieran dinero y fueran inteligentes y cultos, pero a medida que fui teniendo más entrevistas, me fui dando cuenta de que todos necesitábamos renunciar a cosas y bajar nuestros estándares.

—Hey, ¿escuchaste sobre Park? —me preguntó Noa.

—No, ¿a qué te refieres?

Noa se sorprendió un poco de lo rápido que respondí y me lanzó una mirada, como queriendo preguntar por qué tenía tanta curiosidad.

—Quiero decir, ¿adónde demonios se habrá ido? Conociéndolo, si se hubiera ido de vacaciones, nos habría traído algo. Además, ¿viste su cara?

—¿Qué pasa con su cara?

Noa se frotó la barbilla frunciendo el ceño. Parecía un detective a punto de resolver un misterio. Verlo así me hizo soltar una risita.

—¿Crees que habrá ido a un retiro espiritual en algún lugar perdido en mitad de las montañas? —preguntó.

Al ver que no respondía, añadió:

—¿No te parece que se ve más relajado que antes? También parece más en paz.

Noa se rascó la cabeza.

—Aunque también parecía triste de alguna forma —añadió—. Es difícil describirlo en pocas palabras, pero algo en él ha cambiado. De todas formas, creo que se encontró una novia.

Noa iba bien encaminado, pero al final llegó a una conclusión errónea. Aun así, había algo de verdad en sus palabras. Park sí se veía más relajado y en paz. Por otro lado, también parecía triste, pero ninguno de nosotros podíamos saber cómo se sentía. Seguramente, incluso él había tenido problemas para entender sus emociones. Después de todo, se necesitaba mucho coraje para enfrentarse a uno mismo con honestidad. Sentía curiosidad por saber qué le había dado ese coraje. Mientras estaba fuera, también pensé en las palabras que había dicho aquel día.

"Es por mí, sólo por mí".

Esas vacaciones habían sido completamente para él. Tenía un pasado doloroso, pero nunca había dejado que esos terribles recuerdos lo devorasen. Había superado el dolor, encontrado la fuerza para amar a los niños y, por fin, ahora se veía confiado. No iba a pisotear a su padre sólo porque las cosas se habían volteado y ahora estaba viejo y enfermo. Estar a su lado en su lecho de muerte no había sido por su vínculo como hijo, sino para mostrarle que ambos eran personas diferentes.

Por supuesto, yo tampoco podía saber lo que había pasado por la mente de Park. Quizás esto era sólo mi propio deseo, mi pequeña esperanza de que Park no hubiese resultado más herido.

Pasé un brazo alrededor del hombro de Noa y dije:

—Hey, pero ¿no sería extraño que haya ido a un retiro espiritual y la historia termine con una novia?

—Tienes razón. No hay forma de que tenga novia. Sé exactamente lo que le diría a una chica si le rozara la mano al caminar, por casualidad.

Noa aclaró su garganta y bajó la voz:

—El contacto físico no está permitido en la primera cita.

Rompí a reír. Me pareció que Park era el tipo de persona capaz de decir algo así.

—Tal vez hasta le preguntaría por la calificación de su entrevista —añadió.

Tras pasar un rato charlando con Noa, salí del salón y me dirigí al pasillo. Del otro lado de la ventana se extendía un gélido cielo blanco invernal. Parecía que pronto iba a nevar. Utilicé mi multirreloj para enviar una solicitud de orientación. El led de la pantalla brilló en color azul, indicando que mi solicitud había sido aceptada.

Vi a Park en cuanto abrí la puerta de la sala de orientación. Saludé inclinando la cabeza y tomé asiento frente a él. Como siempre, era difícil saber en qué estaba pensando Park con sólo ver su cara.

—¿Quieres tomar algo? —preguntó.

—Café con hielo.

Park dirigió el dedo hacia el botón, pero dudó un instante.

—¿No hace un poco de frío para un café helado?

—Tengo la garganta un poco seca, por eso.

Enseguida, un robot ayudante entró y colocó un café helado y una taza de té caliente en la mesa.

—La garganta seca, ¿estás nervioso de verme? —preguntó Park tras pasarme el vaso.

En realidad, me sentía tranquilo y confiado. Sabía que las noticias que tenía para él lo tomarían por sorpresa, pero por alguna razón, no estaba nervioso. Me sentía en paz.

—¿Por qué regresaste tan pronto? —pregunté.

—Me daba pena que se dieran cuenta de que no hago tanta falta —dijo con una sonrisa.

—Viajar es agotador. ¿No deberías tomarte unos días de descanso?

—Me pareció que necesitaba volver al centro para librarme del agotamiento.

Muy propio de él. Le di un trago a mi café. Escuché a un grupo de chicos riendo al otro lado de la puerta. Mientras hubiera chicos en el centro, Park no sería capaz de abandonarlo. Al final, todos nos marcharíamos en algún momento, ¿por qué nos apreciaba y se preocupaba tanto? ¿Tanto disfrutaba de ese tipo de amor unidireccional?

—Normalmente haces las sesiones de orientación con Choi. ¿Por qué viniste a verme a mí hoy?

—Me da pena ver que mi solicitud de orientación es una molestia.

Park alzó ambas manos en señal de derrota.

—Escuché que los rechazaste en la tercera entrevista. No puedo decir que no tuvieran sus problemas, pero tu gráfico de intimidad con ellos había crecido de forma sostenida y las calificaciones que les diste también eran altas. Creo que nunca habías dado tan buenas calificaciones a unos padres preadoptivos, ¿no es así? —preguntó Park tratando de adivinar mis pensamientos.

Ésa era la razón por la que había pedido la orientación con él. Quería explicarle por qué los había rechazado, a pesar de haberles dado tan buena calificación.

—Este resultado no es propio de ti, Janu 301 —dijo—. Aunque, al mismo tiempo, sólo es posible contigo.

Park tamborileaba con sus largos dedos blancos sobre el escritorio. Siempre hacía eso cuando estaba organizando sus pensamientos.

—Eres una persona con opiniones claras —Park siguió hablando–. Sabes bien el significado que pueden encerrar unas palabras pronunciadas a la ligera y eres cauteloso. Como sabes, no es habitual encontrar casos de rechazo en la tercera entrevista. La mayoría pasan a la convivencia en la residencia. El hecho de que hayan llegado contigo hasta la tercera entrevista significa que seguramente son gente de fiar. Creo que el rechazo no fue un simple cambio de idea ni ningún tipo de broma.

Me sentía como si Park estuviera viendo a través de mí.

—¿Acaso los rechazaste por alguna otra razón que no tenía que ver con ellos?

Exacto. Después de dudar sobre qué decir, finalmente hablé:

—Tienes razón. Me agradaban más que el resto de los padres preadoptivos que he conocido hasta ahora.

Park se quedó mirándome mientras esperaba con paciencia a que continuara.

—No me habría importado hacer la convivencia con ellos —dije.

Se hizo silencio en la habitación. La condensación del vaso mojaba lentamente el escritorio, formando un pequeño charco. Mis labios dibujaron una sonrisa amarga cuando pensé en Hana y Haeoreum. No habrían sido el tipo de padres que dan órdenes, sino de los que hacen preguntas y reflexionan. No eran personas con las que hubiera tenido dificultades por la fricción que se formara entre nosotros. Intentaban no repetir los errores de sus padres. Eso era suficiente. Estaban listos para ser padres.

—Para ser sincero, no confío en que pudiera ser un buen hijo para ellos —dije.

—Janu, estoy tratando de tener una sesión de orientación seria.

—¿Te parece que estoy bromeando?

Park frunció los labios.

—¿Por qué sólo se evalúan las calificaciones y aptitudes de los padres? Deberían asegurarse de que nosotros también estamos preparados para ser buenos hijos o hijas. ¿No lo recuerdas? Tú fuiste el que me dijo que debía deshacerme de la ilusión de que los padres eran una especie de pilar del que siempre se podía depender. Dijiste que los padres no siempre se sacrifican por sus hijos, como antes solían hacer.

Me detuve un momento para retomar el aliento.

—Es cierto —dijo Park, aprovechando la pausa—. Pero también hay padres adoptivos que visitan los centros con amor genuino por los niños...

—Tampoco digo que los padres preadoptivos que tratan de ganar beneficios del gobierno sean malos. Después de todo, nosotros buscamos padres para evitar ser discriminados una vez que salgamos del centro. Todos tenemos más de trece años. Es una edad a la que uno empieza a distanciarse de sus padres. ¿Qué significa querer padres en nuestro momento más sensible y con más cambios de humor? Sólo los queremos para quitarnos de encima la etiqueta de NC. Por supuesto, hay algunos padres preadoptivos que en verdad quieren hijos, justo de la misma forma en que hay algunos chicos que en verdad quieren el amor de unos padres.

Miré a Park y pregunté con la mirada: "¿Verdad que sabes a quién me refiero?". Hubo un breve silencio y continué:

—No formamos relaciones porque nos necesitemos unos a otros. ¿Acaso las familias en el mundo exterior están conectadas únicamente por el amor?

Park siguió escuchándome.

—He oído que los padres biológicos de una NC vinieron a buscar a su hija a uno de los centros. Si las personas que me abandonaron aparecieran pretendiendo ser mis padres... los odiaría. Me abandonaron durante más de diez años. Preferiría no verlos.

El cielo se estaba oscureciendo poco a poco fuera. Las luces en la sala de orientación ajustaron el nivel automáticamente y la temperatura aumentó un poco. El té de Park se había enfriado por completo.

¿Cuánto dolor habría sufrido Park? ¿Cuánto habría sufrido por sus heridas invisibles? Observé sus dedos largos y pálidos. Tomé otro sorbo de mi café helado y permití que el líquido frío calmara mi estómago.

—Por casualidad, ¿recibiste el informe sobre mí antes de marcharte de vacaciones?

Sabía que Hwang no informaría de algo tan trivial a alguien justo antes de sus vacaciones, pero quería asegurarme. Tal como esperaba, Park no parecía tener idea alguna.

—Escribí una carta de disculpa en la sala de arrepentimiento.

Park parecía un poco sorprendido. Con cara absorta pareció perderse en sus pensamientos por un momento, y creí saber en qué estaba pensando.

—¿Fuiste a la sala por una pelea? O quizá...

Park se detuvo y alzó lentamente la vista de la mesa hacia mí.

—¿O te metiste en líos porque querías ir a la sala de arrepentimiento?

Si Park sabía qué pregunta hacer, yo no necesitaba responder. Park tomó un sorbo de té y dejó la taza. El ruido que hizo la taza retumbó en la estrecha habitación. Park dejó escapar un leve suspiro.

—Si es la última... —comenzó Park sin terminar la frase.

Park me hablaba con calma, parecía saber algo.

—Lo siento, sé que estuvo mal —dije.

Su reacción, más tranquila de lo esperado, me tomó por sorpresa. Debido a su personalidad, Park no era alguien que gritara o presionara de forma intimidatoria, pero creía que al menos mostraría cierta decepción. Sin embargo, al ver su sonrisa cansada, tuve la complicada sensación de que debía explicarle.

¿Se sentiría aliviado al saber que alguien había presenciado ese dolor que nunca había compartido? Quizá simplemente estaba aliviado por haber logrado escapar por fin de la sombra de su padre.

Por supuesto, era imposible que yo comprendiera a Park por completo. Uno nunca podía entender a nadie por completo. Pero, en mi corazón, podía sentir por qué había estado con su padre hasta el final. Solamente de esa forma podría romper por fin el ciclo. Si lo hubiera rechazado, no habría sido alguien diferente del hombre que lo maltrató. Pudo desprenderse de su padre acompañándolo en sus últimos días.

—Quiero decir... no me siento capaz de crear ese tipo de relación —dije.

—¿A qué te refieres?

Park me miró directo a los ojos.

—A partir de ahora, voy a rechazar todas las entrevistas. Por favor, no intentes encontrarme padres preadoptivos.

—¿Qué estás dicie...?

Park, que no pestañeaba ante casi nada, saltó de su asiento. Yo era consciente de que él se había esforzado mucho por encontrarme unos buenos padres, lo sentía y estaba agradecido.

—¡Vaya! ¡Qué rápido! —dije.

—Esto es lo que me pasa cuando hablo contigo —respondió él.

No me hubiera imaginado que Park tuviera sentido del humor. Se quedó mirando la oscuridad del otro lado de la ventana por un momento, antes de continuar:

—Janu 301. Como adulto, me avergüenza decir esto, pero el mundo aún está dividido en clases invisibles y existe una gran discriminación. Los poderosos pisotean a los débiles. Disfrutan de sus privilegios. Y no son sólo los poderosos. Incluso la gente con menos poder encuentra a otros todavía más débiles que ellos a los que puedan pisotear. Esto incluye los prejuicios contra los trabajadores inmigrantes que llegan de países más pobres: hacen los trabajos que nadie quiere y, aun así, la gente los mira con desprecio. Y también existe cierta antipatía de las personas que han crecido con sus padres biológicos hacia los NC como tú, que lo hicieron bajo la protección del gobierno. Eres un chico brillante e inteligente. Estoy seguro de que le caerás bien a cualquiera, pero en cuanto sepan que eres un NC, su percepción cambiará. Lo sabes muy bien, Janu. Conoces las desventajas y la discriminación que les espera a los NC que se marchan sin haber encontrado unos padres.

Como decía Park, la discriminación siempre había existido. Romper con ella poco a poco era esencial para que la sociedad progresara.

—Mentir al resto para que piensen que no somos NC sólo porque nos discriminarán, no es solucionar el problema de raíz.

Park asintió como si ya lo supiera.

—No es perfecto, pero el sistema no es tan malo —dijo—. Necesitas experimentar la sociedad, pero también necesitas un cerco que te mantenga a salvo.

—Las ovejas que escapan del cerco pueden terminar siendo devoradas por los lobos... Pero también existe la posibilidad de que descubran mejores pastos.

Park volvió a lanzar un suspiro.

—Sólo los NC podemos lograr que se elimine la discriminación en nuestra contra —continué.

A pesar de que cada año crecía el número de NC, había pocos que reconocían serlo. Como cambiaban su identidad, no tenían necesidad de hacerlo. No podía culparlos. ¿Quién elegiría una carretera estrecha y peligrosa pudiendo conducir por una autopista en buen estado? Pero si más gente elegía ese camino difícil, al final se ensancharía y suavizaría. Comenzar era tan simple como arrancar una roca. Quizás alguien ya estuviera lanzando esas rocas al bosque para que la siguiente persona no tropezara.

—Janu, tendrás que abandonar el centro cuando cumplas dieciocho —dijo Park—. Por supuesto, antes recibirás educación vocacional y técnica, pero después estarás por tu cuenta.

Pensar en el futuro también me asustaba, pero habría oportunidades. Lo único que necesitaba era saber reconocerlas cuando llegaran. Nunca había estado afuera, en el mundo real, pero ¿acaso necesitaba empezar a preocuparme ya? Quería experimentar todo lo posible. Pensaba que podría descubrir un nuevo yo en mi interior si lo hacía.

—Sé que soy pesimista, pero mi percepción de ti nunca ha sido así —le dije a Park—. Siempre he creído en ti y te he respetado.

Después de decirlo, me sentí avergonzado, pero como ya lo había dicho, supuse que lo mejor sería terminar:

—Así que me gustaría que respetaras mi decisión.

Las luces del techo de la sala se reflejaban en los ojos de Park, que parecía estar buscando la respuesta apropiada.

—Sólo porque tenga muchas cosas en la cabeza no significa que tenga tantas preocupaciones —dije.

Le dediqué a Park una ligera sonrisa. Como era habitual, él estaba tamborileando con los dedos sobre la mesa.

—Todavía me queda mucho tiempo en el centro. Quién sabe lo que podría pasar mientras tanto. Lo mismo ocurre en tu caso, ¿cierto? —pregunté.

Los dedos de Park danzaban.

—Da miedo no saber qué va a ocurrir —añadí—. Pero si supiéramos todo lo que nos aguarda en el futuro, nunca probaríamos nada nuevo.

No saberlo no era necesariamente malo. El aprendizaje y la emoción sólo eran posibles porque no sabíamos lo que nos deparaba el futuro. ¿Acaso la vida no era un proceso en el que uno se daba cuenta de cosas nuevas constantemente y un viaje en que disfrutábamos de ello?

—Janu... —dijo Park, todavía dando golpecitos en la mesa.

Yo me dispuse a escuchar lo que iba a decir.

—Siempre has estado intranquilo, teniendo muchos pensamientos profundos. En realidad, desde hace mucho tiempo he tenido una premonición... La premonición de que finalmente tomarías esta decisión.

Sabía que si alguien podía entenderme era Park. Le dediqué una gran sonrisa.

—Pero tampoco pienso que mis esfuerzos y los del resto de los guardianes contigo hayan sido en vano —concluyó.

Park me sonrió.

—¿Puedo hacer una última pregunta? —dije.

—¿Mmm?

—¿Podrías decirme tu nombre de pila?

—Los guardianes tenemos prohibido revelar nuestros nombres.

—Entonces, me voy.

Me giré y mientras caminaba hacia la puerta, escuché la voz de Park a mis espaldas.

—¿Por qué quieres saberlo?

Me detuve y miré a Park. Más allá de las pestañas, sus pupilas brillaban con un fulgor tembloroso. En realidad, no sentía curiosidad por su nombre. Saberlo no cambiaría nada en nuestra relación. Independientemente de ello, Park era Park y yo era yo. Pero, por alguna razón, hoy se sentía diferente. Sentí que nos habíamos acercado el uno al otro la mitad de medio paso, o quizá la mitad de la mitad.

—No sé, por saberlo. ¿Tiene que haber una razón?

—Janu 301, esto es un centro y tú eres un NC —dijo Park volviendo a su yo carente de emociones.

Me rasqué la ceja, avergonzado, y acepté su rechazo.

—Un día, cuando te marches del centro, ya no seré tu guardián ni tu director.

Tras observar la leve sonrisa que se dibujó en el rostro de Park, salí de la sala de orientación.

Había muchos chicos caminando hacia sus cintas transportadoras. Parecía que iban a entrevistas con padres preadoptivos. En pocos minutos, verían hologramas en los que esos padres potenciales exageraban como actores. Y quizás alguno diría: "No están mal, voy a hacer painting con ellos". Y otro diría: "Creo que no encajamos bien, lo siento". Miré a mi alrededor.

Este lugar me parecía un gran futuro. Un futuro que podía pintar del color que quisiera. Un lugar en el que podía conocer a mis futuros padres. No importaba que las entrevistas fueran un fracaso. Después de todo, hacer paint era como ir y venir del futuro. El año nuevo no estaba lejos. Cuando llegara, estaría un paso más cerca de salir al mundo real. Era un bebé alto y delgado de dieciocho años a punto de romper el cascarón, subiendo los peldaños a largos pasos.